中公文庫

阿呆の鳥飼

内田百閒

中央公論新社

阿呆の鳥飼

目次

阿呆の鳥飼

阿呆の鳥飼

私は小さい時分から小鳥が好きで、色色な鳥を飼ったり、殺したりしました。色色飼っている内には、段段あたり前の鳴禽《めいきん》ではつまらなくなって来て、仕舞には五位鷺《ごいさぎ》や木兎《みみずく》など迄も飼って見た事があります。けれども本来厭き性ですから、次第次第に世話をするのが面倒臭くなって来て、籠の中を飛んでいる小鳥を見ても、面白くも可愛くも何ともなくなり、第一鳴いているんだか、居ないんだか忘れてしまう様になると、ある朝起きて見たら、宿木《とまりぎ》の下に両足を上に向けて、死んでいたり、又は餌をやる時一寸《ちょっと》した隙をねらって、手の下から逃げて行ってしまう様な事になります。そうして段段鳥がいなくなってしまうと暫らくの間小鳥の事なんかまるで忘れてしまいます。自分で飼っている時には、道を歩いていても、何処かで小鳥の鳴き声がすると、思い掛けない所で知り人に出くわしたような、又丁度いい所で敵にめぐり会った様な心持がして、一応起《た》ち止まった上、其声を聞きすました後でないと、其場が動けないのですが、自分が飼っていない時分には、小鳥の声など聞いたって何ともないのみならず、世間には今でもまだ小鳥の好きな人がいるのかなと不思議に思うような気さえします。

しかし、そうして小鳥に夢中になっている間の面白さは、小鳥を飼った事のない者には迚《とて》も解りません。小鳥の方では迷惑至極な話で、悪くすると一生涯とうとう狭苦しい、いやに格子のちらちらする、棲《とま》るところの二本しかない、そうして直きに自分の垂れた糞の溜まって臭くなる籠の中で大事な一生を暮らしてしまわなければならないのは、因果だと諦める事も出来ないかも知れません。けれども、自分で飼っているとそんな事はまるで問題にもならない。朝、新らしい餌を拵《こしら》えて籠に入れてやる時は、籠の中の鳥は此方の親切を十分に享けてくれる様に思い、水をかえて、きれいな冷たい水を入れてやると、鳥はよく気の利く情深い主人を感謝している様な気持がします。そうして鳥がその餌や水の傍に来て、ちちと云う地鳴きをしながら甘《うま》そうに食ったり飲んだりしている顔を見ていると、此方まで何とも云えない、いい気持になります。目白などは暫らく見ている内に腹に足る程食って、嘴《くちばし》を宿木で綺麗に拭いてしまい、それから餌のない方の奥の宿木に飛んで行って、そうして身体をぷうっと膨らかす。見ていても、如何《いか》にもだるそうです。飯くえば瞼重たき椿かなと云う漱石先生の句を思い出します。それからその瞼《まぶち》を重そうに持ち扱って、目を開けたり、塞いだりしている内に、しまいには全く目をつむって、白い瞼を引いてしまいます。瞼が重そうだと云いましたが、鳥は人間と違って、目を閉じる時、上の瞼を下ろさないで、下の瞼を上げて目を閉じる様です。だから瞼が重くなったから寝たというのは鳥が聞いたら、辻褄の合わぬ云い分かも知れません。数年前に、私はふとした事からまた小鳥を飼い度《た》くなって、初めの内は撒き餌の小鳥を二三羽飼っていました。それがいつの間にかだんだん殖えて来て、擂《す》り餌《え》の鳥が多くなり、一年程の中に、とうとう四十五六羽も飼う様になりました。丁度其頃は白山御殿町から駒込の曙町に移って、新建てのまだ壁の乾ききらない様な家に住んでいたのですが、私はその四十幾羽の鳥をみんな二階の南向きの縁に上げて、硝子《ガラス》戸をはめて、朝から晩まで、勉強もせず、何処《どこ》へも出ないで、餌を擂ってやったり、粟《あわ》や黍《きび》の殻を吹いたり、水を換えたり、籠の盆に溜まっている糞をごりごり掻き落としたり、鳥を色色な籠に入れ換えて見たり、そうして置いて眺めていると、この鳥にこの籠は少し大き過ぎてうつりが悪いと思って入れ換えたり、こんな細い鳥はこの幅広い籠は似合わないと気がついて又入れ換えたり、青い羽子《はね》の鳥に赤い盆の鳥籠は配合が即《つ》き過ぎているからいやだと思って又入れ換えたり、凡《およ》そそんな事計《ばか》りして毎日毎日暮らしていました。そうしてそんな事にいい加減草臥《くたび》れてねて、朝になると、もう目が覚めるか覚めない内に二階の縁にいる小鳥が太い声や細い声や高いのや低いのや色色の声を合わせて合唱をやっているのが耳に入って来ます。そうして私の頭はもう小鳥の事で一杯になっています。そんなことをどのくらい続けたか知りませんが、其内にだんだん自分の仕事が忙しくなって、そんな馬鹿な日を暮らすわけに行かなくなったのと、それから一方では例の通りそろそろ厭き性が来て、小鳥などつまりどうでもいい様な気になり出したのとで、段段に数が減って来て、いつの間にか一羽もいなくなってしまいました。

私は小鳥飼いの専門家でもなく、動物学の上からの小鳥に関する智識も研究もありません。ただ趣味として小鳥が好きで、無暗《むやみ》に鳥を飼ったと云う丈の事ですから、玄人らしい飼い方又は小鳥に関する筋道のたった智識などをここに書きたてる事は出来ません。ただ、無暗に小鳥の好きな一人の男がいて、彼が矢鱈《やたら》にいろんな鳥を飼ったり殺したりした話に過ぎない。経験と云っても、ただそれ丈の範囲の話に過ぎないという前置きをしておきます。

小鳥にも色色な種別がある様ですが、まず我我が鳥屋の店頭に立って、第一に見別けのつくのは、舶来の鳥と内地の鳥との区別です。内地の小鳥は鶯、目白、蒿雀《あおじ》、鶸《ひわ》など凡《すべ》て羽色が地味で、二色以上の色と色との間の遠くない落ちついた調和をして居り、舶来の鳥は、みんな其反対とは限らないけれども、大体色の配合に突拍子もないのが多い様です。一番目だつのは色色な種類の鸚哥《いんこ》です。外国の趣味を愛する為に、知らない自然の破片を慰《たの》しむ為に小鳥を飼うとすれば別ですが、ただ小鳥そのものとしては私の好悪から云えば、内地産の小鳥の方が羽色丈から云っても外国の鳥よりは遥かにいい様です。凡てが人の目を労《つか》らせない、華麗ではないけれど静かに美しい調和をしている様に思います。

しかし内地産の鳥と舶来の鳥とを羽色で選択するのは寧《むし》ろ第二の事で、私は何よりもその鳴き声の我我の耳に快い点から、舶来の鳥よりも内地産の鳥の方が好きなのです。外国のにだっていい声で鳴く鳥が沢山居るには相違ないと思いますが、日本へ舶来する鳥では、そんなに鳴き声のいいのはない様です。カナリヤなどの鳴き声は舶来鳥の内ではいい方ですけれども、それでもカナリヤに一寸似た鳴き声をする雲雀《ひばり》に比べたら丸で御話になりません。カナリヤの鳴き声は、ただ一寸聞いた丈では決して悪い声ではないけれども、長く聞いていると少少八釜しくなり、しまいには聞いてる方で、いらいらして来ます。いやに景気がいい計りで、ちっとも声にうるおいがありません。雲雀の声の高音の底に何とも云えない哀愁を含んだぬれた様な鳴き声とは迚《とて》も比較になりません。うららに照れる春日に雲雀あがりこころ悲しもひとりし思へばの趣きは電車の走っている街の軒端につるされた雲雀籠にも味わうことが出来るのです。けれどこれは、雲雀の方には昔の伝説や詩などから来る聯想《れんそう》が其鳴き声を聞く我我の心に色色な準備をするのに反して、カナリヤには何もそんな聯想のない為かも知れません。大西洋のカナリヤ群島へ行って、何処かの樹陰の青葉の隙から雨の様に降って来るカナリヤの囀《さえず》りを聞いたら、又別な感興があるのかも知れません。

しかしカナリヤはいい方です。日暮れ方に鳥屋の店の前で、色色名の知れない鳥共が悲鳴に似た声をあげているのを聞き過ぎるのは余り気持のいいものではありません。

鸚哥《いんこ》の中には、地鳴きに猿の泣く様な声をするのがありますが、何と云うのか知りませんけれど、私は金をつけてやると云っても、あんな変な気味のわるい鳴き声はいやです。

近頃九官鳥が馬鹿にはやる様ですが、私はあの鳥も化鳥《ばけどり》の様な気がして気味がわるい。小鳥を飼うのは大体、町の中に住んでいて、又は自分の部屋にいて、自然の歌の断片を聞き度いからなので、そう思う反面には、暫らくの間でも、小鳥の鳴き声に心を傾けている間丈でも、うるさい人事を忘れ得ると云うのが小鳥を飼う者の幸福なのです。ところが九官鳥と云う鳥はいやに落ちついた声をして人間の言葉を真似ます。鳥屋の云うところでは、又私共がきいても、昔から人真似をする鳥と相場が極まっている鸚鵡《おうむ》、鸚哥よりも人真似が巧みな様です。そうして其声はどの九官鳥でも極まって、丁度天気の晴れた日に、何処かの塀の陰で五十歳位な男が話をしているのを、ずっと離れた遠方から聞いている様で、暫らく聞いていると厭な心持になります。全体小鳥が人間の声をするというのは目出度い事ではありません。又それは鳥の勝手だとしても人間の声は人間丈で十分です。固いこつこつした箱の中から、いきなり人間の声がわめき出す蓄音器さえ少少無気味で、あまりいい気持のしない私は、九官鳥などと云う化物は大きらいです。

小鳥屋の店頭でまず内地産の鳥と舶来の鳥とを区別すると云いましたが、其区別は又、今も一寸申した通り大体の上で鳴き鳥と観鳥《みどり》との区別にもなるのです。鳴き鳥とは云う迄もなくその声を聞いて楽しむ鳥で、観鳥とは其羽色を愛する鳥です。内地の鳥にはあまり羽色の美しいのはありませんが、大瑠璃《るり》、小瑠璃は寧《むし》ろ其声で愛好せられる鳥ですけれども、羽色も美しい瑠璃色を背から腹にぼかしているので、観鳥として丈でも、十分飼って置く値打ちはあります。しかし、一寸新らしい家庭を持つ人などが、軒端の飾りに飼って見て、十日も経たない内に餌をやるのを忘れて殺してしまい、今度は又その死んだ鳥を気の毒がると云う事に別な楽しみを見出すと云う様な飼い方をするなら格別、ほんとに小鳥を飼って見ようと云うには、観鳥はどうしても早く厭いてしまうから、矢っ張り鳴き鳥を摺り餌で飼って見なければ本当の小鳥の趣味は解りません。

雞《けい》鳴《めい》

　雞《にわとり》が鳴き出すと、家《うち》にいるだけの雄も雌も、みんな勝手な声を出して、中中止《や》めない。みんなと云っても、雄が二羽に雌が五六羽いただけである。雌はどれもこれも婆雞《ばばどり》で、めったに卵を生んでくれない。又それっぱかしの雌の数に対して、雄が二羽もいなくてもいいのだけれど、どう云うわけだか二羽になったので、今更どちらか一羽を雞屋に売ってしまうのも可哀想であり、家で絞め殺すと、へんな声をするから、無気味である。それでその儘にしておくと、一日じゅう勝手な声をたてて、騒がしくて困る。中にどれか一羽、いつでも最初に騒ぎ出すのがいるらしいのである。きっかけは、葉っぱが枝から落ちたり、どぶ鼠が垣根に這い込んだりするのを見て、びっくりする為だろうと思う。そうして騒ぎ出したら、自分達の気のすむまでは、決して止めない。その間じゅう、私は二階の書斎にいて、何を考えることも出来ないのである。あんまり癪にさわるから、降りて行って、棒切れで追い廻したり、水をぶっかけたりすると、なおのこと騒ぎたてる。どれだけ鳴きたてれば雞の気がすみ、どう云うところで、仲間の気がそろって、一時に静まるのだか、私には見当がつかない。こっちから邪魔をすると、雞達は迷惑そうに彼方此方《あちこち》逃げ廻り、方方の隅に行って、矢っ張り別別に、しかし気勢を合わせて騒ぎ立てるのである。人間で云えば、吃逆《しゃくり》のような事が、雞には集団的に起こるのではないかと考えたりした。

その騒ぎが、段段にひどくなる様に思われ出した。雞達としては、故《もと》の如く少しも変わりないのか知れないけれど、二階に坐って、その声を聞いている私の方が、我慢が出来なくなった。鬱鬱として日を暮らし、いつまで経っても、なんにも出来ないのは、みんな雞が悪ふざけを止《や》めない為だと思われ出した。私は決心して二階から駈け降り、首を振り立てて興奮している雞を追っ掛け廻して、一羽残らずつかまえて、脊の低い伏籠《ふせご》の中に押し込んだ。天井が低いから、雞達は真直ぐに頸を伸ばす事も出来ないのである。しかしそれだけでは、まだ安心出来ないので、籠のまわりに蓆《むしろ》を巻き、合せ目の隙間から明りの射しそうなところには、炭俵の空俵を重ねて、その上からすっかり縄で括って、そうして、手を洗って、二階の書斎に帰った。

一服吸って、庭の気配をうかがって見るに、ひっそりして、大変静かになった。流石《さすが》の雞も頸が伸ばせないのと、薄暗いのとで、降参したろうと思った。私は続けざまに煙草を吹かしながら、絶えず庭の一隅に気をくばり、到頭夕方まで、なんにも出来なかった。しまいに、私の方が気づかれがして、欠伸が止まらなくなったので、又庭に降りて、雞の幽閉を解いてやったら、一どきに足許から飛び立って、忽ちまた大騒ぎを始めたから、私は棒切れを拾って、縦横無尽に雞群を追い廻した。

伝書鳩

上

私が会長をしている法政大学の航空研究会の中に、伝書鳩部があって、大講堂の屋上に、空研所属の鳩舎が二棟、のっかっている。

三十羽ばかりの伝書鳩が、玉蜀黍《とうもろこし》の実の乾かしたのを啄《ついば》み、水を飲んで、金網の窓から空を眺めている。

朝と夕方の二回、伝書鳩部の学生が、鳩舎の跳戸を開けるのを待って、鳩は外に飛び出し、近くの空をぐるぐると、幾廻りか飛び廻って、また鳩舎に帰る。人間の散歩と少し違うような気がするのは、御飯を食ってから、ぶらりと街に出るのでなくて、鳩は先に散歩して来て、それから餌を貰うのである。おなかをふくらましてから遊びに出すと、遠くまで飛び廻って、帰って来るのが暇取り、その間、鳩舎の傍で、空を眺めて待っている当番の学生が、やり切れないから、それで、そう云う順序にしたものだろうと思う。

伝書鳩部の学生も、航空研究会の会員なので、会の統制を受け、義務を負い、勿論会費も取られる。ところが、同じ会員でも、他の部の連中のように、しょっちゅう飛行場に出かけて行って、飛行機を乗り廻すわけではなく、五階の屋上の鳩舎まで、餌料をかついで上がり、水を汲んでやり、病気になった鳩の手当をしたり、競翔《きょうしょう》訓練などの際、怪我をして帰って来るのがあると、オキシフルで洗って、ガーゼで拭いて、繃帯をまいたり、目をわるくした鳩の目に、目薬をさしてやったりしなければならない。一番いけない事は、うんこの掃除をするのである。たまに飛行機の上から放鳩する練習をしたり、又は対校競翔など行う事があっても、概して仕事が地味で、寧《むし》ろ貧乏籤《びんぼうくじ》に類するから、伝書鳩部の会員は、いつも少い。

夏休みになると、学校が空っぽになるので、毎年その間の鳩の始末に困ってしまう。今年の暑中休暇には、今の伝書鳩部の委員の家が千葉にあるので、そこへ全部連れて行って、移動鳩舎の訓練をしようと云う事になって、千葉の軍用地借用願を出し、連隊長の許可を受け、中野の軍用鳩調査委員会から、移動鳩舎の車を貸してもらい、トラックに積んで、学生が二三人一緒に乗っかって、出かけて行ったのである。

それから、一週間も十日も過ぎた後、何かの用事があって、休み中に私が学校に行った折、偶然出くわした先生から、こんな事を聞いた。

「あれは、たしかあなたの方の、空研の学生ではありませんかね。今牛込見附から、こちらへ来る途中で会ったんですが、何しろこの暑い日盛りに、大きな荷物をさげているもんだから、まるで水をかぶった様に汗ずくになって、沢山鳩を持って駅の方に行きましたよ」

私は、そんな筈はないと思うので、聞き返して見た。

「ええ、からだの大きな学生でしたよ。それに、制服の襟に、空研の徽章をつけていたから、間違いはありません」とその先生が云った。

変な話だなと思っていると、後になって、委員から報告して来た。移動鳩舎の上に張る金網を、いらないと思ったので、借りずに行ったところが、いきなり向うで放てば学校に帰って来るにきまっているから、暫らくの間、放鳩しないで置くうちに、暑いのと、運動不足とで、鳩が脚気《かっけ》になりました。中には大分容態のわるいのも出来たので、心配になったから、放して見たら、みんなそのまま、真直ぐに学校に飛んで帰ったのです。それで僕は早速汽車に乗って、その後を追っかけて連れに来ました。その途中、土手のところで、学校の先生に会ったのだと云う話であった。

「移動訓練の位置が、あんまり近過ぎたんですね」と委員が云った。しかし、その後も、二三回そんな事を繰返している内に、汽車に乗って追っかけて来て、大きな籠を抱えて、又帰って行く委員には、あんまり近過ぎもしなくなったと見えて、今年の訓練は失敗、と云う宣言で思い切る事にして、学校に持って帰って、おしまいにした。

下

空研副会長鄭《てい》教授は、日本伝書鳩協会の理事を兼ね、鳩学の造詣深く鳩界の名士である。

亡日、鄭教授の令息が、学校で伝書鳩の事を教わった時、うちのお父さんの学校には、伝書鳩が、たくさんいるんだぞと自慢したのが先生の耳に入り、まだ伝書鳩を見た事のない生徒達の為に、実物標本として、鳩を連れて来て見せて戴けないかと云う先生の申入れを、鄭教授は諾《うべな》ったのである。

乃《すなわ》ち鄭教授、からだの大きな伝書鳩部委員と鳩首合議の結果、屋上の鳩舎から、優秀鳩二羽を引張り出して、子供が遠足にさげて行く様なバスケットの中に押し込み、蓋をして、中みが少しずつ動く荷物をさげたお二人は、打ちそろって小学校の校門を這入った。

大学の先生が、大きな大学生と伝書鳩とを連れて、わざわざやって来たものだから、校長先生は、全生徒を鳩合して一堂に集め、それから伝書鳩に関する講話が始まった。

ところが、二人ともそんなつもりはなく、ただ漫然と鳩を連れて来て、子供達に見せればいい位に考えていたので、少からず狼狽し、鄭教授は先ず演壇に起《た》って、簡単に学生の委員を紹介してお茶を濁した。

「この方が伝書鳩の世話をして、いろいろ面白い事を知って居られますから、これから皆さんに、為になるお話をして下さいます」

学生委員は面喰い、鳩が豆鉄砲を食った様な顔をして、演壇に起った。バスケットから出した鳩を両手に一羽ずつ握っている。無数の小いさな顔が目の前に押し詰まっていて、生まれてこの方まだそう云う光景に接した事がないものだから、非常にわくわくしたそうである。

少しばかり伝書鳩の習性などを話しかけたけれども、興奮と惑乱のために鴃舌《こうぜつ》して、うまく話が続かない。いい加減のところで打切って、

「さあ皆さん何でもお聞きなさい」と云って、額の汗を拭こうと思ったところが、両手に鳩を握っているので、それも出来なかった。

「先生」と云う疳走った声のした方を見たら、それと同時に、小さな腕が、ささくれ立った様に、彼方《あちら》にも此方《こちら》にも突起して、その手の下で、「先生」「先生」と云う声が縺《もつ》れてしまった。特に女生徒のかたまっている方面が、うるさかったそうである。

「先生、鳩は何グラムありますか」

ところがその学生委員には、瓦《グラム》の観念があんまり判然していなかったのである。胸算

用で大体の見当をつけようとしていると、

「先生、伝書鳩はいつ死にますか」

と聞かれた。

ほうほうの体で演壇を降り、鳩形鵠面《きゅうけいこくめん》して溜息を吐いていると、その間に、全生徒は先生の号令で、広広した校庭に集まり、いよいよこれから、今までのお話の実験として、放鳩を行う事になった。

今度は、鄭教授が生徒の列の前に起って、御自身がお父さんでもある立ち場を加味した諷諭《ふうゆ》を試《こころ》みた。

「皆さん、伝書鳩は飛び出したら、決してどこにも止まらないのです。真直におうちへ帰りますよ。伝書鳩は途中どこにも寄り道しません。皆さんの中には、学校からおうちへ帰る途中、道草を食う人はおりませんか」

鄭教授のお話が終るのを相図に、委員は両手を挙げて、握っていた鳩を放した。二羽とも、へんな風に、浮力の抜けた様な飛び方をして、一羽は忽《たちま》ち向うの講堂の屋根に不時著してしまった。決して途中とまらない筈の伝書鳩が、小学生徒の様に道草を食い出したのである。

もう一羽の方は、どうしたかと思って見ると、こっちは丸で飛ぶ力もないらしく、地面の上をすれすれに流れて、向うの庭に腰を抜かしている。

あんまり女の子の生徒がいろんな事を聞くものだから、伝書鳩委員が困ってしまって、その度に夢中で、両手に持っている鳩を、ぎゅうぎゅう握り締めた為、どこかの骨を折ったものらしい。

お二人が額を鳩《あつ》めて相談したけれども、鳩の方が命からがらなのだから、どうにもならないのである。大きな兄さんと、もっともらしいおとうさんとが、小さな子供達の前に、面目を潰して、帰って来た。

腰の抜けた鳩は、今でも病鳩舎の中で、玉蜀黍の実の乾かしたのを啄み、水を飲んで、金網の窓から空を眺めながら、静養している。

目白

目白が茶の間の箪笥の陰から、エキエキエキと鳴き出した。誰も辺りに人がいなくなると、淋しがるらしいのである。人がその部屋に這入って行けばすぐに止めるから、その鳴声は、人を呼んでいるのだろうと云う見当がつく。

子供の時分、焼場のある山に目白を捕りに行った。秋が更けて、朝起きた時、口から吐く息が、白く見える時候になると、もう裏の山山には目白が渡っているのである。

朝日が照り出すと、黐竿《もちざお》に塗った鳥黐が、きらきら光るので、目白が恐れて、止まらないから、朝の薄暗いうちから起きて、出かけるのである。囮籠《おとりかご》と、捕れたのを入れる空籠《あきかご》とを黒い風呂敷に包み、風呂敷の色は黒い方が、中の鳥が驚かない、その外に商売人の目白捕りが、ぼろぼろの黒い風呂敷に鳥籠を包んでいるのを見た事があるので、矢っ張りそう云う色でないと、目白捕りの気分がしない様に思われた。それから竹筒に水を入れて、その中に黐を浮かし、腰にぶら下げて出かける。

山に入って、うつ木の枝を切り、黐を塗って黐揆《はご》を拵《こしら》える。目白は利口な鳥で、黐揆にかかったと思うと、その儘羽根を乱さない様に、じっと自分の身体の重みで下にぶら下がり、黐の伸びるところまで逆さになったまま降りて行って、それから急に飛んで逃げてしまう。私は目白捕りに行って、二度もそう云う馬鹿な目に会った。物陰に隠れているところから馳《か》け出して行く内に、目白の方ではそれだけの芸当を落ちつき払ってすませる。馳けつけた時は、もう間に合わないのである。

だから黐を塗る時は、気をつけて、うまく伸ばさなければならない。うつ木の枝の肌と黐との間に水気《みずけ》が溜まったり、節のところに黐がたくれる様にひっかかったりしていると、すぐに目白は、その手で逃げてしまうのである。

　黐掞を囮籠の目にさして、樹の枝にぶら下げるか、石塔の上に載っけるかして、物陰にかくれていると、どこか遠くの方に友の声を聞きつけて、囮の目白が籠の中で鳴き出すのである。その声が、エキエキエキエキなのである。高音を張って、チイチイと鳴き立てるよりは、エキエキと云う方が仲間の鳥を呼び寄せるのに有効な様である。その鳴声を、私共は「目白が友を呼ぶ」のだと云った。

　今、私のところの目白は、茶の間の隅から、頻りにエキエキエキと鳴いている。あんまり呼びたてるから、つい書きかけた物も中止して、傍に行って見ると、すぐに止めて、チチチと云う地鳴きをする。つまり目白の方では、我我を自分の仲間と見做し、友を呼ぶ手で人間を呼びつけるのである。目白並みに扱われて、憤慨して、ひねり潰すわけにも行かないから、結局人間の方から出かけて行って、退屈している目白のおつき合いをする事になる。

この目白は、差し上げの子飼いで、人間の手から餌を貰って大きくなった為に、人間の恐ろしい事を知らない。生まれて以来三年間の経験によって、すっかり人間を舐めているのである。籠の戸は自分で勝手に開けたり、閉めたりする。下の盆の掃除を忘れていると、からからに乾いた小さな白い糞を、暇にまかせて、一つずつ自分の嘴で運んで来て、餌桶の上の一所に積み重ねておく。こちらで気がついて、目白のあてつけに恐縮しながら、盆の掃除をしてやらなければならない。

私のところには、もう一羽ぼろぼろの目白がいる。何年も会わなかった浜地君が、手紙をくれて、新京に行くと知らして来た。それから間もなく、夜十時頃訪ねて来て、これから別盃を汲みたいから、つき合えと云って、私を銀座裏に引張り出した。一昨年の秋の事で、もう大分寒くなりかけていた様に思う。川縁の酒場でウイスキーを飲んでから、いい加減に切り上げて、ぶらぶらと表通に出た。私は長い事銀座の方に用事がなかったので、街の角の家の大きなネオンサインにびっくりして眺めていると、先生もっと向うの方が賑やかですと云って、浜地君が私を尾張町の方に引張って行った。

自分も酒を飲んでいる癖に、何だか無暗《むやみ》に生酔いと擦れ違うのが面倒くさかった。どうせここいらを今頃歩いている連中は、ろくな者ではなかろうと云う様な、苦苦しい気持がして、もうそろそろ帰ろうかと思いかけた。浜地君が、何か記念に買ってやると云ってきかない。どうも話が逆な様でもあるけれど、買って貰ってもいいが、欲しい物がなかった。すると道端の足許に目白がいたのである。

丁度夜店をしまうところらしく、金糸鳥《カナリヤ》や目白の籠をいくつも歩道の鋪石《しきいし》に重ねて、鳥屋が大きな黒い風呂敷をはたいていた。

目白を買って貰おうかなと云ったら、それがいいでしょうとすぐに賛成した。夜店に出ている小鳥を買うなどと、今迄考えた事もなかったけれど、ついそんな事を云い出して、その内に、鳥屋はもう籠を新聞で包んでくれた。浜地君に、難有《ありがと》う、身体に気をつけたまえと云って別れた。

その翌日から二三日の間は、もとからいた子飼いの目白が、頻りにエキエキエキを連呼し、時時は高音を張って威武を示した。新入りの銀座の目白も負けずに高音を張って鳴き交わすので、案外いい目白だったのか知らと思っている内に、両方とも面白くもなくなったと見えて、段段静まってしまった。

その内に、銀座の目白が発病した。発病後既に半年以上になるけれども、まだ癒らない。そうして死にもしないのである。一体どこが悪いのか丸で見当がつかない。蘡薁虫《えびづるむし》、袋虫を与え、餌を強くし百方手を尽くしても、羽根を乱して、ふくれて、目をつぶっている。棲《とま》り木にとまっていられない程、衰弱しているから、毎朝起こす時、もう今日は死んでいるかと思うと、ぼろぼろの襤褸《ぼろ》屑の塊りの様になった儘、動いている。こないだ頸の辺りから、大きな、と云っても小豆粒ぐらいだけれど、何だか瘡蓋《かさぶた》の様なものが落ちた。頸に腫物《しゅもつ》が出来ていたのか知らと思うけれど、其痕《そのあと》もないのである。

先日新京に手紙をやった時、遠隔の地にいる者に、気にする様なことを云っても悪いと思ったから、例の目白は長らく病気していたけれど、この頃大分よくなったと書いておいたら、その返事に、自分は御無沙汰しているが、目白が代って先生を慰めているだろうと書いて来た。それどころではないのである。然しこれから春になれば、ぼろ目白も幾分快方に向かうことだろうと思う。

雀の塒《ねぐら》

ある日の晩に、蝙蝠《こうもり》が不思議な羽搏《はばた》きをして、飛び廻った。あらしの滓《かす》のような雲のきたなく流れた空の下から、変な風が、ふいふいと吹き降りて来た。

私は二階の縁《えん》の勾欄《こうらん》に、両手の肱をかけた上に、頤《あご》を乗せて、蝙蝠を見ながら、考え込んで居た。布団も敷かずに坐って居るので、足の甲の骨ぶしの、縁の板にあたってぐりぐりと廻るのが痛かったし、それに暫らくすると、じきに、肌のぬくもりが板に伝わって、そこら辺りの生温くなるのも気持がわるい故、時時膝を動かしては、冷たい板に足の甲をあてて居た。瓦の黒くなった酒倉が、沈んだものの様に五つの棟を並べて居る。裏の塀を越えて見える向うの田圃の中に、羅漢へ通う土手の径が、何だか長いものが死んで居る様に、しまりもなく薄白く伸びて、いつまで見て居ても、その上を通って来る人影もない。

倉の中には最早一石の酒もなくて、ただ三代昔からの酒の気に浸った青黒い土が、いつまでも、じめじめして居るばかりであった。店の廻りも、倉男も、一人も居なくなっただだっぴろい家の中は、ただ取り止めもなく薄明かるくて、そうしてすぐに日が暮れた。家の外を風の吹き過ぎる夜など、場末の町を流して行く夜鳴き饂飩《うどん》の声に耳が澄んで、丹前の襟におさえつけた瞼の裏に、浮いては消える紫色の泡の様な幻を追いながら、何を考えてもいないのに、そのまま夜を更かして、鶏の声を聞くこともよくあった。ある夜、坊主枕の実に入れてある小豆の粒のすりすりと擦れ合う音を気にしながら、有明《ありあけ》行燈《あんどん》の光が、薄い飴湯の様な色に漾《ただよ》って居る部屋の中を、まじまじと見廻して居る内に、消したままにしてあった釣洋燈《ランプ》の石傘の裏に、三味線草の実の様にうようよと集まって咲いて居る優曇華《うどんげ》の花を見つけて、私は急に恐ろしくなり、優曇華の花が、屋根の棟ぐらいもある鳥の翼のように思われ出した。一緒に寝ている祖母を起こして、その事を告げると、いきなり寝床から起き出して、また何かある知らせじゃろう、ほん、どうした事じゃと云いながら、おろおろして居る様子に、自分の方がうろたえて、ふとしたはずみから、私は何のつながりもなく、不意に大きな声をあげて泣き出したことを覚えて居る。

勾欄の木が、何十年の間の朝晩に吹いた風に痩せて、筋に流れた木理《もくめ》ばかりが、年寄りの肌の皺の様にざらざらと浮き出して居る。私は両手で勾欄を抱き込む様にして、その上に頤をのせたり浮かしたりしながら、やはりそこら辺りの何やかやに眼をまかせて居た。二階の縁から真下に見える中庭の泉水には、埃や煤の子などの溶け込んだ薄黒い水が、日暮れの近い空の色をうつして、大きな蛙の腹の様に、青苔の黒ずんだ庭の中に白け返って居る。長い間、祖母が大事に飼って居た蘭虫が、いつかの梅雨のまじに遭って、段段に死んでしまってから後は、折折の出水の引きしなどに、私が裏の田の中の溝川で掬って来た小さな真鯉や、にごいや、田鮒などが、きたない水に鱗をよごして、水の陰を游《およ》いで居るばかりである。その中に一尺ばかりの鰻も居る。去年の土用の丑の日に、父が出入りの者に頼んで捕って貰った三四の中の、一番小さいのを一つ残して、盆の十六日の餓鬼の首に、大川へ放しに行くつもりで池の中へ生かしたなりに、忘れてしまったのである。段段に痩せて細くなって居ながらも、何時の間にか水に馴れて来て、死にもせずに居る。時時腹を返して白い筋を水の裏に引いては消えるのが、勾欄から見て居ると、何だか細長いまぼろしの様に思われた。

その内に日暮れの風が吹き出した。

簷《ひさし》の下や倉の壁に、暗い影が伝わり、向うに見える青田の稲の葉も暮れて来た。それのに空はいつまでも明かるくて、薄く刷いた様に流れて居る雲の裏側に、暮光が浸み渡り、どことなく一体に輝かしい気配さえして来た。倉の棟に生えて居るまばらな屋根草が、鮑《あわび》貝の様に白光りのする空に食い込んで、墨絵の筆勢のようにはっきりと映って居る。

蝙蝠《こうもり》の数が殖えて、いくつも目の前を飛び廻った。

帰り遅れた雀の一群れが、口に唾をためて居るような声で、やかましく囀りながら飛んで来て、中庭の樫の樹の枝にばらばらと止まった。それから、あちらの枝からこちらの枝へ飛び移ったり、片羽根を拡げてその裏を嘴《くちばし》で掻いたり、一本の枝の両端から小刻に横飛びをして、二羽の雀が一所に寄り添ったりして居るのを、私は一心に見つめて居る内に、何とはなしに不思議な生生しい気持になり、頬の辺りが、不意にほてる程にわくわくして来た。ふと自分のまわりを見廻すと、縁の戸袋の陰に、日覆いの支えにする竹が靠《もた》せかけてあるのを見つけて、すぐに起ってその竹を手に取り、雀のたかって居る樫の樹に投げつけた。四尺か五尺の細い竹切れなんだけれど、樫の樹までは届かないで、ちがった方の縁の庇《ひさし》に飛んで、戸樋にあたって、けたたましい音をたてて、庭石の上に落ちたので、私はその物音に驚いて始めて自分に気がつくと、動悸がはげしく打って居て、庭に落ちた竹を見下ろす目が、くらくらする様に思われた。私は家の者がその音に驚いて、出て来はしないかと思ったけれど、下は空家の様に静まり返って居るばかりであった。雀は一度に囀ずるのを止めたけれど、逃げもしないで、その中に樹をはなれて飛びかけた一羽か二羽さえも、じきにまた枝に帰って居たのである。それを見ると私は、何故かまたわくわくする様な気持になって来た。

その内に一たん静かになった雀の群の中の一羽が、小さな声で短かく鳴いた。するとまた一斉に外の雀が、やかましく囀り出して、もう大方暗くなって居る中庭の中を、いそがしく飛び廻って居る。暫らくすると、雀の群はばらばらと、その樫の樹の枝を離れて、又隣りにある空地の奥の杉の樹の方へ飛んで行った。その時、後から遅れて飛んだ二羽の雀が、空地の方まで行かないで、私の家の一番はじの倉の屋根の、高い簷瓦《のきがわら》の下にかくれたのを、私は見とどけた。

私は何となくそわそわしながら、縁側から中に這入って、十畳の座敷の真中に仰向けになり、何を思うと云うこともなしに、ふと気がついて見れば、何かとりとめもない事を思って居たりする内に、いつの間にか底の方へ沈み込む様に寝てしまって、大きな禿山の巓辺《てっぺん》を、兎の群が一列になって、風の様に飛んで居る夢を見て居た。眼がさめた時には、座敷の中は真暗になって居て、耳のそばを、早い蚊が、細い声で鳴いて居る。さっきから萌《きざ》して居た不思議な残酷な心が、寝て居る間に勢を得た。私は闇の中に起き上がるとすぐに、二階を下りて、家の者に見られない様に庭を抜けて、二番倉の方へ行く。だれかに見つかってはならない様なあわただしい気持がして、台所の庭を通る時には、胸がどきどきと波を打った。二番倉には梯子がある。私は雀の塒《ねぐら》を襲うつもりなのである。

倉の中には、冷たい闇が渦を捲いて居る。昔の酒の気の浸み込んだ土の陰気なにおいに浮かれて、宵の魔物共が、じめじめした四隅を這い廻って居るらしい。私はその中を、手さぐりで、奥の方へ進んで行った。呼吸のつまる様な暗闇を吸いながら、二足三足あるくとじきに、太い柱を探りあてた。死んだ人の肌に触れた様な、無気味な手触りから、不意に寒気が襟元を走り、からだ中の毛穴が一時に泡立つかと思われた。柱から離した手の平に、吸いつく様なじとじとする黴《かび》が、柱の肌から剝げて、こびりついたらしい。執念に靭《つよ》い蜘蛛の糸が、しきりに顔や頸にかかった。二階の板の上を、鼠か鼬《いたち》が馳《か》け廻る音につれて、何か軽いものを引っ張って居るような、かすかな音がざらざらと聞こえて、はっと思う間に、すぐその後から、その音が、空耳であったと思われる程の寂寞《せきばく》に返る。草履の裏にねばり著く地面から、冷たい気がからだ中の肌を這い廻って、ぞくぞくする。私は自分の手もとさえも見えない闇の中を、一方へ探り寄って、壁際に寝かしてあった梯子にさぐりあたると、それを片脇に抱くようにかかえた。三間梯子は、私の力にやっと保てるくらいな重さである。不自由に身をこなして、自分のからだが、丁度出口を出かけた時に、うしろに残って居る梯子の端が、大きなからの桶《こが》にあたって、釣鐘を打ったような音が暗闇の倉の中に響き渡った。けれども、しとしとと湿っている地面や、四方の壁が、その響きを食ってしまいでもする様に、余韻が急に消えた後は、音のしない前よりも、もっとしんしんと静まり返った。

　梯子を持って外に出て、さっき二階の勾欄から、雀の這入るのを見とどけて置いた簷の瓦の見当をつけ、隣倉の白壁に高い梯子をさし掛けた。登りかけると、急に足もとがふらつき、秘密の罪を犯す時のように心が騒ぎ出した。胸の中は、早瀬の様に波立って居る。曇った空の宵闇にも、焼板張りの腰板の上から簷の下まで大きく広がって居る白壁は、闇を区切って白け返って居る。梯子の黒く長い影が、その白壁に這い上がる化け物のようである。私は騒ぎ立てる胸を抑えるようにして、段段に梯子を上って行った。上まで登りきらない内に、足もとががくがくと慄え始めて、簷の瓦に手のとどく時分には、梯子の桟に足が踏み締めて居られぬ程に慄え出した。

私は梯子の桟に獅噛《しが》みついて、闇の中に眼を游がせながら、裏の青田の方から迷って来た大きな蛍が、棟の辺りを流れて行くのを見送った。

私は梯子の桟を握って居た片手を離して、瓦の下へ差し伸ばす。暗い夜に人にかくれて高いところに上って居る恐ろしさを抑えつける様に、怪しい歓びが湧き出して、わくわくする様な気持になった。すると、手近かの瓦を一つ二つさぐって居る手頸を掠めて、いきなり雀が一羽飛び出して、闇の中に消えた。はっと思って引きかける手もとをくぐって、また一羽の雀が、耳を擦る様に、短かくちゅちゅと鳴いて、飛び去った。私は呼吸が止まる程驚いて、飛んだ方の闇を振り返ったけれど、そこには煤の子を詰めた様な闇が圧し重なって居るばかりであった。張りきって居た心がゆるんで、私は憑物が落ちたように、ぼんやりと闇の中に消えた雀のことを考えて居た。

それからじきにもう下りようと思い出して、簷の下へ伸ばした手をまた梯子の桟にかけた時、ふとした気持で、雀の居ない留守の塒をさぐって見ようと思いつき、さっき雀の飛んで出たと思われる瓦の下に手を入れて見た。すると抜け羽や藁などを敷いた雀の柔かな寝床には、ほほろ温《ぬ》くみの甘い様な暖かさが残って居た。私は自分の手先から伝って来るそのぬくもりに、不思議ななつかしさを覚えて来て、瓦の下に手を入れたまま、倉の簷の宵闇の中にぼんやりして、梯子の上に居るのも忘れかけた。

その翌《あく》る日の晩もまた、空が重たく曇って、暮れかかった倉の屋根草が、棟をすべる風になびきながら、近い雨を呼んで居た。

私は二階の縁の勾欄に靠れて、雀が昨日の晩のように、倉の簷の瓦の下に這入るのを見とどけて置いて、夜の来るのを待った。低い空の雨雲が暮れて、宵の暗い五月闇が、倉の棟を形もなく溶かしてしまった頃、私はまた二番倉の梯子を持ち出した。倉と倉との間の空地に、粒の大きな雨がぽろぽろと降りかけて、しきりに顔や手をたたいた。私は昨夜の通りに梯子を上って行った。裏の青田の蛙の声が、高いところに上って行く私の耳に、夜のあけぬ国に居る小さな盲坊主がお経を読んで居る様に聞こえた。足を踏みしめて、右の手で梯子の桟をしっかり握り、左の手を伸ばすと、すぐに、昨夜の瓦の下からまた雀が一羽飛び出して、短かく、ちゅとなきながら、雀の目の利かぬ夜の闇の中に消えて行った。その雀が飛んで出たあとの巣の中へ、差し込んだ私の手の先に、何だかひくひくと震えるものが触れたので、私はぎょっとして、手を引きかけた瞬間に、まだもう一羽の雀が残って居るんだと気がつくと、どきんとする程心が躍り上がり、夢中でその雀を手の平に握ってしまった。雀は掌の内に微かに震えて居る。その震えが直接に私の胸に伝わって来る様な気がして、梯子もそこに立てかけたまま、自分の部屋に帰って来た。

口金の間に僅かに覗いた心《しん》の上を、青い焔が離れそうになって、ちらちらと這って居る。私はあいた片手でその心を掻きたてながら、眩しい程に明かるくなった光りに浮かして、雀の顔をつくづくと見入った。雀は黒縁《くろべり》でかがった様な瞼の縁をよせて、小さな白い膜をひく様にして目を閉じて居る。私の母指と人さし指との間にのぞけて居る首を垂れて、人さし指を枕にして居る様である。雀があまりにおとなしくして居るので、私は不思議に思いながら、握って居る手を少しゆるめると、雀は重そうな瞼を静かに開けて、それなりにまたねむってしまう。病気なのか知らと思って、私が思わず手の平をひろげたら、雀は机の上に辷《すべ》り落ちた。握って居た掌の裏には、美しい紅の血が、小指の尖《さき》で捺した程べったりと著いて居る。雀は机の上に、羽根をゆるめたからだを小さく横たえて、首をだらりと伸ばしたまま、動かなかった。私は驚いて、また雀をそっと手の平に取り上げた。細い胸毛の奥に、かすかに雀の胸は波打って居る。

片羽の下の和毛《にこげ》が、生生しい血に濡れて、今取りあげた机のあとにも、小さな血のかたが美しく残って居る。猫か鼬かに引搔かれたらしい傷である。

私は急いで台所から、小さな茶椀に水を汲んで来て、雀を指で抱くようにしながら、嘴を茶椀に漬けてやると、雀はだらりと首を垂れて、目の辺りまでも水に浸りそうになった時に、また目をあけかける様にして、それなりに閉じてしまい、水は飲もうともしなかった。私は雀の嘴を、二本の指の間に挟む様にして、無理にあけさせ、片手の指尖にためた滴を、その口の中に垂らしてやった。嘴の中には色の褪めた薄赤い舌が、上の顎にくっ著いた様になって居て、水は大方こぼれてしまった。それでも雀は動かずに、私の掌の内にじっとして、寝て居るのである。二度目に滴をたらしてやった時、雀は首をぶるぶるっと振って、細い足で私の手の平を擽《くすぐ》る様に搔いて、微かにぴりぴりともがいた。

私が自分の寝床の上に起き直って、おいおい泣いて居ると、傍に寝て居た祖母が、驚いて目をさまし、自分も起き直って、どうしたどうしたと、聞いて居る中に、わけも解らず泣き出した。私は手の平に大事に握って居る雀のつめたい死骸を、祖母にかくす様にしながら、なんにも云わずに、ただ泣きつづけた。大降りになった雨が、毀《こわ》れた戸樋から溢れ落ちて、庭石を敲《たた》く音が、次第にはげしくなって来た。

訓狐《このはずく》

白山御殿町に住んでいた当時、近所の小鳥屋の前を通ったところが、小さな、可愛らしい木兎《みみずく》が一匹、きょとんとした顔をして、往来を眺めているので、急にほしくなり、店の中に這入って見ると、二円五十銭だと云うのである。

私の懐を胸算用して見るに、丁度その位あるらしい。しかし、それっきりで、家に帰っても、お金はないのだから、つかってしまったら物議をかもすと思ったけれど、我慢が出来ないので、その小さな木兎を買う事にした。このはずくと云う種類だそうで、摺餌についていると云うから、なおの事ほしかったのである。

家に帰って、だまって風呂敷と空いた鳥籠とを持ち出し、訓狐《このはずく》を入れて、持って帰ったところが、それまで廊下の欄間や、戸袋に懸けた籠の中で、盛に鳴き交わしていた目白や野鵐《のじこ》や柄長《えなが》などが、急にだまって、何となく私の手もとを見ているらしい。私がみんなの仲間にしてやるつもりで、風呂敷包の中から、訓狐を出しかけると、ちらりとその影を見るなり、小鳥共は胆をつぶしたらしく、びっくりして棲《とま》り木からおっこちたり、あわてて鳥籠の天井にぶつかったりした。

それで私は初めて気がついて、これは大変な物を買って来たと思った。木兎は猛禽の仲間で、目白などを食うのである。風呂敷の中から鬼が顔をのぞけたから、小鳥達は色を失ったに違いない。一緒に置くわけに行かないので、座敷の中に入れて、床の間に据えた。相変らず一ところに棲《と》まった儘、粛然として、まともを向いている。誠に床の置物にふさわしく、いっその事、鳥籠から出してやっても、こんなにおとなしいなら、大丈夫ではないかと考えた。しかし餌が強いために、糞がきたないので、鳥籠の盆に砂が敷いてある。その事を考えると、うっかり出すわけにも行かなかった。

廊下にいる小鳥達は、それっきり静まり返って、ことりとも云わなかった。訓狐の姿は見えなくても、何となくその気配を察し、息を殺している様子であった。

夕方になると、訓狐が籠の中で少し動いた。顔が何だか引締まって来た様に思われ出した。動くたびに、籠の砂を蹴散らした。目白などの様に、棲り木の上を飛ぶのではなくて、籠の中を、のそりのそりと歩き廻るのである。だから、今まで棲まっていた棲り木が邪魔になり、又歩く恰好も無様《ぶざま》で方方にぶつかるから、羽根の先で、砂をはねたり、蹴飛ばしたりして、何だか見ていると片づかない気持がした。

夜になるに従って、段段あばれ方がひどくなった。砂を散らすどころの騒ぎではなく、羽根を半分ばかり拡げて、脇の下に風を入れる様な変な恰好をし、眼を爛爛《らんらん》と輝やかして、籠ごと、どたりどたりと動かし出した。舞台の千両役者が気違いになった様な趣である。

とても座敷の中には置いとかれないので、玄関の土間に持って行こうと思って、籠の縁に手をかけると、訓狐は突然すごい相好になって、その手の先を睨みつけ、咽喉の奥のどこかで、ふわあと云う猫の怒った時の様な変な声をした。

玄関の土間に下ろして、仕切りの襖を閉めたから、訓狐のまわりは真暗闇になったのである。その為に益《ますます》勢を得たらしく、ばたばた、がたんがたんと云う大変な物音が、夜の更けるに従って、いよいよ烈《はげ》しくなった。私はうるさくて、無気味で夜通し、ろくろく眠られなかった。

牝雞之晨《ひんけいのあした》

博文館の文章世界に写生文を投書していた当時、家禽《かきん》世界と云う大型の薄っぺらな雑誌を、どこからか送って来た。矢張り博文館の発行であったのか、それとも雑誌に出た私の名前を見て、別の所から送ってよこしたか、全然記憶がない。そう云う雑誌には縁《ゆか》りもなく、自分からもとめて見たいと思う興味もなかったのに、つい雞《にわとり》の記事が目についたのが病みつきとなった様である。寝ても醒めても雞の事ばかりを思いつめた揚句、到頭祖母にねだって、百五十里も離れた東京の種禽場から、伊太利《イタリー》産純粋種単冠白色レグホンの百日雞《どり》を一番《ひとつが》い八円で買って貰う事にした。

為替で金を東京に送った後は、一日千秋でまさか未だ来る筈はないと解っていながら、二日も三日も前から停車場の荷物係に問い合せに行った。

何日目かの朝、学校が休みだったので、起きると直ぐに駅に行って見ると、はい来て居りますよと云われたので、胸がどきんとした。竹の身ばかりで編んだ目の荒い籠の中に、白い雞が一番い這入っている。しかし雄雞が起ち上がった脊よりは、籠の丈が低いので、蓋の竹の目で鶏冠《とさか》を傷つけたと見えて、籠の方方に血が固まって居るし、白い羽根にも赤い汚染《しみ》がついていた。

駅前の人力車を呼んで、籠を股倉にはさんで乗った。旦那それは何ですと俥屋が聞くから、今東京から著いたばかりの雞だと答えると、へえ、大したもんですな、しかし何処《どこ》か違いますか、そう云う白いのは、ついそこの横町の道具屋にもいた様だと云った。これはそう見えても、そこいらにいる雞とは違う。系統の正しい純粋種でまだ雛なんだが、番いで八円だと教えたら、俥屋がびっくりした。

家に帰って、土間で籠の蓋を開けると、雄はかっかっと云って飛び出したけれど、雌はいつまでも底にしゃがんでいるから、籠を傾けて追い出した。何だか変に脊が低くて、ひねこびた様で、若雞らしいところはなかった。もう相当の年数のたった婆雞かも知れない。土間をよちよち歩いている恰好を眺めていると、雑誌の写真で見た優美な姿とは丸で違うので失望して憂鬱になった。雄の方も、しゃんとした姿勢はしているけれども、蹴爪《けづめ》が長く伸びていて、百日雛でない事は一目で解った。しかし、百日雛よりは親雞の方が高いのだから、種禽場で勉強してくれたのかも知れない。急に雄雞が、きっとなったと思ったら、脊の低い雌雞を土間の隅に追いつめて、交尾した。

うっかり往来に出して、近所の名古屋コーチンの雑種などに番われては大変だから、表の日向に出す時には、必ず伏籠《ふせご》に入れた。近所の人がその前に起って眺めても、「レグホンか」と軽く云って、普通の雞の様にしか考えないらしい。おまけに、「こいつは羽根の強い雞だから、籠に伏せては可哀想ですぜ。外を飛ばしてやったら、いいじゃありませんか。卵はよく産むが、粒が小さいし、潰しても肉がない。目方はかかっても、骨が多いから、骨の目方なんだ。肉もうまい方ではない」とくさしたりした。純粋種であって、八円だと云うのが、気が引けるから、黙っていた。

その内に卵を産み出したので、一顆《いっか》ずつ月日を書き入れて、大事に暗いところに蔵《しま》っておいた。

二羽番《つが》いで、その上、雄の方が年が若いらしく、元気がいいので、雌は朝から晩まで、かあかあと悲鳴をあげた。間もなく雌の背中の、いつも雄が乗っかる所だけ羽根が擦り剝けて、赤裸になった。

雨が降ったりすると、一日じゅう薄暗い土間を歩き廻り、上り口の障子一重の向うで、耳の破れる様な声を張り上げ、こけこうろうと鳴き立てた。すぐその後で、雌がけっけっけと鳴いて、逃げ廻る声がした。

うっかりして上り口の障子を閉めるのを忘れていると、すぐそこから二羽連れで、座敷に上がって来て、辺りの様子が違うものだから、かっかっと騒ぎ立てた。それで雞が上がって来た事が解るので、急いで追いたてに行くと、あわてて、障子の桟に攀じ登って、障子の紙を破ったりして土間に降りる。その後に、畳の上にいくつも雞糞《けいふん》が落ちているのである。

座敷に上がる度数が殖えて、雛の方で畳の上を歩くのに馴れたと見えて、あんまり騒がなくなった。二階の私の部屋から、下に降りようと思って出て来ると、雛が二羽並んで梯子段の一番上の所にしゃがんでいるので、私がびっくりすると同時に、雛の方でも驚いて、一気に飛び降りるから、大変な騒ぎになった。

その内に雑種コーチンの巣鶏が手に入ったので蔵っておいた卵の日附の新らしいのから、一腹の数だけ取り出して抱かせた。

孵《かえ》ったひよこが大きくなる迄の間に、背の禿げた雌は、擦り切れた様になってしまった。雛の中には、雄も二三羽いたのを、みんなその儘育てて、後で、もとからいた親雛と一緒にしたから、朝から晩まで喧嘩をして、騒ぎ続けた。若い雄雞同志が、遠くの方から相手をねらいながら、頸の毛を逆立てて、とっとっと、と走り寄って来るから、衝突した所で又喧嘩が始まるのかと思うと、お互にお辞儀をする様な恰好で二三度頭を上げたり下げたりして、その儘ふいとそれてしまう。そう云う時の雞の気持は、見ていてもよく解る様に思われた。そう思って見ると、若い雄雞は、傍を向いて、照れ臭そうに餌をついばんだりしているのである。

親雞の雄は蹴爪が一寸も伸びて、一人で威張っているので、若い雞に可哀想でもあり、何よりも雄の数が多過ぎるから、若い雌を一羽つけて番いにして人にやった。商売人に売れば殺すかも知れないし、又高価な純粋種の雞を普通の雑種並みに、足を縄で縛って、逆さに釣るして目方を計った値段で買われるのは面白くない。素性を明らかにして、知人に大事に飼って貰う方がいい気持である。その知人が後で絞め殺して食うか、食わないか、そこ迄は私は気をつかっていられない。

自分の家で飼った雞を、自分で食うなぞ思いもよらない。雞に限らず、池に飼った鯉を御馳走せられても、いやな気持がする。京都のすっぽん料理屋の庭に池があって、客が通ると女中が註文を聞きに来る。客が座敷の縁端から、甲羅を干している鼈《すっぽん》を指して、あの位のでよかろうと云う様な事を云うと、鼈はどぶんと水の中にもぐり込むと云う話を聞いた事がある。私はそう云う家で御馳走を食おうとは思わない。

それで雞を、雄も婆雞もみんな飼っておくから、段段雞群がきたなくなり、その上、系統を乱すまいと思って、いつ迄も最初の二羽から生まれた雞のその雄雌をかけたり、親雞との間に出来た卵を孵したりする為に、次第に雞が劣種になって来たらしい。からだが小さくなる計りでなく、気がついて見ると、雌雞の足の指が短かくなっている。変な気持がして、こんな雞を飼っておくのが、何となくいやになり出した。

雄雞が、こけこうろと鳴いた後から、雌雞がかっかと騒いでいる。その声が段段曖昧に伸びる様に思われた。行って見ると、年を取った雌雞が二三羽、変な声をしているらしい。いやな気持がするので、わっと追っ払ってやったら、その時はかっかっと逃げて、又暫らくすると、丁度雛の雄が時をつくり始めた時の様な、あやふやな声で鳴いている。うちの雞は変な声をすると云って、祖母が気にし出した。梅雨の雨が続いて、いつも家の中が暗かった時、又上り口の障子が開いていたと見えて、雌雞が一羽、梯子段の中途まで上がっているのを知らなかった。いきなり変な声がするので、行って見ると、雄雞がする通りに一ぱいに伸ばした頸を、中途で少し曲げて、毛を立てて、こけこうとはっきり鳴いた。

頭から水をかぶった様な気がして、夢中でその雌雞を叩き出した。

雞屋を呼んで来て、一羽も残さず売り払ってしまった。

牝雞《ひんけい》の晨《あした》する事が、単なる比喩でない事を私は自分の経験で知った。これは私の不幸な記憶の一つである。

柄《え》長《なが》検校

去年の秋某日の午過、差し迫ったお金の算段に困じ果てた挙句、慵斎先生の許に出かけた。

「五円あればその方はすむけれど、持って行かれると後になんにも残らないから、つまらない。お金を借りた様な気がするために、五円よりは多く、しかし十円はいりません」と云っておくのに、慵斎先生は何か口の内で云いながら起ち上がって、二階から降りて来た時には、十円紙幣を片手に引提げて、袂の風に飜《ひるがえ》していた。

それで私は懐中にその札を温めながら、往来を歩いて見ると、店屋でいろいろの物を売っている。店頭に杉箸が山の様に積んであるのを見て、この頃海鼠《なまこ》を食うのに、象牙の箸では辷《すべ》って困るから、杉箸のいい恰好のを一膳買いたいと思った。しかしその店は問屋で、面倒な事を云っても相手にしそうもないので、ただ店先に起って眺めていると、箸の山のまわりに輪坐した、あんまり顔色のよくない女の子が、みんな片手に細長い紙袋を取って、自分の息でぷっと膨らましては、お箸の山の杉箸をその中に入れるのである。私なぞは御飯の時、畳にこぼれた物を拾って食うたちだから、どうでも構わないけれど、友人の中には、人の家で飯を食う時ちゃんと袋に這入っている衛生箸でなければ承知しない君子もいる。一度後学のために連れて来てやろうか知らと考えた。お箸屋の二三軒先に小鳥屋があったので、ふらふらと中に這入って行くと、老爺が急いで土間に下りて来て、旧知の如く私をもてなした。

柄長のあら鳥を一円で買って、別に中古の鳥籠を買ったけれど、まだまだ当分のお小遣に困る様な事もない。家に帰ってから、机に向かう座の左側に、屏風の如く起てた小さな本箱がある、その上に柄長の籠を据えて、下に坐って一服すると、柄長は煙の流れるのを見て、ばたばたした。

私は十年前にも、柄長を飼った事があって、餌癖がいいので、いつも大きな机の片隅にその籠を載せて置いた。一夏を無事に越して、その次の初夏、机の廻りを飛んでいる蠅を捕って与えた為に、忽ち翌朝は落鳥となっていた。

柄長は六ずかしい鳥であると云う心配が私の頭にこびりついている。段段に籠に馴れ、又人の起ち居にも一一驚かなくなって、軋《きし》りのわるい勝手の戸に附けた鈴が鳴る度に、南京玉を揉むような綺麗な声で囀る様になった。

年を越してから間もなく、私は永年の学校教師を止《や》めて、朝から晩まで家に坐っているようになったので、柄長との親しみも日に増し加わって来た。私が暫らく座を起った後、また追われている仕事に就こうと思って、帰って来ると、柄長は既に間境の襖に近づく足音を聞いただけで、すいすいと云う人なつこい地鳴きを以て、私を迎えるのである。襖を開いて、籠の側に近づくに従い、柄長は歓喜に堪えぬらしい鳴き声と共に、小さな身体を伸ばしたり縮めたりするから、人間で云えばお辞儀をしている様な恰好に私には思える。それで私もこころみに自分の顔を籠に近づけて、二度三度お辞儀をして見ると、柄長はそれに応じて、親指の尖《さき》程な頭を上げ下げして、ちるちると鳴きながら、私に答礼した。私の手から餌を食い、煙草の吸口を籠の格《こ》の間にのぞけてからうと、小さな嘴《くちばし》で引張ったりした。

暑かった夏を無事に過ごして、鳥屋《とや》の落羽が始まった頃から、柄長は俄《にわか》に衰弱して来た様である。しかしその事は覚悟の上でもあり、又先年の経験もあるので、細心の注意は払いつつも、落とす様な事はしないと云う確信があった。ところが、そろそろ新らしい羽根の生えかける頃になって、或日ふと気がついて見ると、柄長の片目が白くなりかかっていた。忽ち二三日のうちに両眼ともおかされて、そこひの様な目くらの鳥になってしまったのである。

蜂の子をはさんでやると、まだ手前のところで、ぱちぱちと嘴を打ち合わす。今まで飛び馴れていた筈の棲り木と棲り木との間の見当がつかぬらしく、頻りに一本の上で姿勢ばかり取って、中中飛べない。その内に気をかえて、側面の格に飛びつき、そこから向うの棲り木に飛ぶ様な事をする。不自由らしくて可哀想でもあり、又案外勘のいいところがあって感心したりする。餌を食うには事を欠かず、お行儀のいい事も以前の儘である。なるべく驚かせない様に、ふだんの籠のまま、軽く水を浴びせてやるとよろこんで、ちるちると鳴き、その後で羽づくろいをする様子などは、少しも目くらの様ではない。私の友人の宮城検校は勘がわるくて、御自分の家で方方の柱や襖にぶつかっている。今度会ったら、柄長の勘のいい事を話そうと思っている。

柄長勾当《えながこうとう》

「野鳥」に拙文「訓狐《このはずく》」を寄稿した縁故で、中西悟堂氏の御来訪を受け、柄長の雛を戴いた。

短い尻尾《しっぽ》が曖昧に生えかかっているのが可愛らしいので、その事を云うと、悟堂氏は、これは一度抜き取ってしまった方が、後からいい羽根が揃って生える、一寸毛抜を貸してくれと云われるので、その尻尾で結構ですと云いたかったけれどもお任せした。

柄長は悟堂氏の指の間で、一本抜かれる毎に、一一大袈裟な声をたてて、迷惑そうに小さな黒い目を動かした。

後で棲《とま》り木にとまった姿を見ると、尻が丸っこくて、益《ますます》可愛い姿になった。

やっと独り餌を食べられる位になっていたけれど、なるべく差してやる様にした。

籠から外に出すと、畳の目を踏む足ざわりが違うと見えて、ぴょん、ぴょん跳ねる様に飛び廻った。機《はず》みで飛び上がって、畳に降りる時、のめって尻餅を搗《つ》くと、自分でびっくりして、また跳ねるのである。

無方針に飛び廻った挙句、段段机の下に這入って行って、蚊遣《かや》りを立てる火入れの中に飛び込み、灰をかぶって出て来たりした。

座布団の上なら、足が辷《すべ》らないから、あわてなかった。短い頸を伸ばして、辺りを眺め廻している。餌猪口《えちょこ》の縁を箆《へら》で敲くと、膝に上がって来て、餌をねだった。

籠にいる時は、一生懸命に天井の格《こ》を伝って、軽業の稽古をやっている。棲り木から機《はず》みをつけて、天井に飛びつく時、うまく行けば宙ぶらりんの姿勢になれるけれども、時時失敗して、下に落っこちると、あわてて跳ね起きて、丸で小さな護謨毬《ゴムまり》がはずむ様に、非常な速さで、籠の中を彼方此方《あちこち》飛び廻るのである。その様子を見て、私は柄長が自分の失敗を取り繕うために、照れかくしをやっている様に邪推した。

机の傍に置いたなり、座を起っている時、大変な声をして騒ぎ立てるからびっくりして来て見ると、身体が小さいので、糞切りの桟の下にもぐり込んで、中中出られないものだから、ちいちい云っているのである。きっと、天井から落っこちた拍子に、辷り込んだのだろうと思う。

しょっちゅうそんな事をしているので、尻尾が生えかけると、みんな千切れてしまった。何度も覗きかけては、またもとの通り、のめのめした尻になってしまう。その内に、一本変な羽根が生えて来たので、驚いた。孔雀の羽根を小さくした様に、尖がふくらんでいて、細長くて、それが横の方の違った見当に伸びて行くのである。家の者が集まって、みんなでその羽根を眺めて、腹を抱えて笑っていると、間もなく、又どこかにぶつけて折ってしまった。

糞切りの桟で怪我をするといけないと思って、外しておいたところが、天井からまともに自分の糞の上に落ちるものだから、いつも背中を糞だらけにしているので、又桟をはめた。

漸く夏の盛りを過ぎて、もう大丈夫と思う時分に、前からいた大人の柄長は、鳥屋の上がりが悪くて目くらになった。それにつけても、このひよっこの方が目くらになる様な事でもあっては大変だと、非常な注意を払ったに拘らず、ある日一方の目がどうも変だと思う間もなく、日に日に悪化して、忽ちの内に両眼とも白くなってしまった。もう鳥を飼うのはよそうか知らと思う様な暗い気持になった。

悟堂氏に色色の教示を乞い、自分でも心当たりの原因を除く事につとめて、極力恢復をはかっているけれども、まだ何の験《きざし》も顕れない。目が見えなくなってから、あんまり無茶な運動をしない所為か、急に立派な尻尾が生え揃って来た。今ではもう一人前の柄長の姿になっている。手を入れるとすぐに乗っかって来るから、背中を撫でてやると白い目をつぶって、身体を伸ばして、手の平の上に横になるのである。

つい二三日前、もとからいた方の柄長が、私にお辞儀をしているので、よく顔を見ると、右の眼の曇りが取れて、見え出したらしい。それを知った途端に、私は歓天喜地手の舞い足の蹈むところを知らずと云う気持がして座敷の中を歩き廻った。

ひよっこの眼も、いつかはきっと癒るだろうと思い出した。

大瑠璃《るり》鳥

　この頃急に屈託したと云うことはないのに、よく溜め息をついている。引く息の方が吐く息よりも少しずつ長くて、その餘りが腹の中に溜まって来ると云うような気持である。だから時時呼吸の残りを纏めて吐き出さなければならぬらしい。

　溜め息に妙な節がついているのが気になり出した。自分で薄薄感づいてから、うっかり吐き出した溜め息を、すぐその後でもう一度繰返して見ると、だんだん溜め息の節廻しが、はっきりしてくる様である。これは随分下らない事だからやめようと思っても、大概は知らぬ内に息を吐いてしまっているので、追っつかない。家の者も私の節つきの溜め息を聞いて不思議に思い出したらしい。襖のこっちにいる私にむかって、今何か云ったかと聞くから、何も云わないと答えると、いや確かに何か云ったに違いない、急に独り言を云うのは変だと云い出した。

　独り言なんか云わないけれど、溜め息に節がついているのだと教えても納得しそうもないので、知らん顔をしてすませる。

溜め息の節を文章に書き現わす事はむずかしいが、いつもきまって唇の間や鼻の穴を抜ける息が、知らぬ間に声になっているから、仮名で書くことは出来る。「ぷッくんたたぽうぽ」と云うのである。一どきに飛び出そうとする大きな息を、そう云う風に区切って最後の「ぽうぽ」は一音低くなっている。

その要領は、咽喉から口腔に詰まって来た息を先ず「ぷッ」と脣の間から漏らし、次に「くん」と鼻から抜き、まだ鼻を通っているうちに「たたた」と舌を打って調節し、最後に残っているのを「ぽうぽ」と二綴二息で吐き出してしまうのである。

一日に何回となく、あまりしつこく繰返すので、自分で不愉快になって来た。知らずにそう云ってしまった後は、溜め息を出し切ったさっぱりした気持よりも、耳に残っている節のためにいやな気持になり出した。

どうして、こう云う変な事になったのだろうと、ぼんやり考え込んでいる時、床の間の飼桶《こおけ》の上に載せた籠の中の大瑠璃《るり》が、盛に囀っていた。毎日朝から啼き通しなので、いつも耳に馴れているから、気がつかなかったけれど、そう思って聞くと、初めて解った、私はいつの間にか大瑠璃の鳴き声を真似て、自分の溜め息に節をつけていたのである。

その大瑠璃は今年の春初め、まだ啼いていないのを小鳥屋から買って来た。ずっと以前にも、一度大瑠璃を飼った事があって、音色もよく、節は鶯の谷渡りを平調にしたような張りがあって、気になる癖もなかったので、今度も矢っ張りそう云うつもりで買って来たところが、その内に啼き出したのを聞くと、音色は大体同じ様だけれど、一区切りずつに変な節がついているのが気になった。一番いけないのは、その一節のうちでも間をたぐって、はずみがついた様な啼き方をするのである。そう云うところがいやだと思っている内に、却って私に乗り移って自分で「ぷッくんたたた」と云う変な事を云い出したらしい。

大瑠璃の鳴き声をそう思い出してから、ますます自分の溜め息が気になった。しまいには大瑠璃が私の溜め息の真似をしているのではないかと思う様になった。それが朝から晩まで止《や》みこなしなのだから、うるさくて堪らない。古い籠は惜しかったので、別に新らしい鳥籠を買って来て、その中に大瑠璃を入れて、多田基君にやってしまった。それで私の溜め息の節は間もなくなおるに違いない。

鵯《ひよどり》

小石川の高田老松町四十三番地にいたのは、今から二十年昔である。当時の思索で私は赤穂浪士の執った行動を不都合であると判断した。秩序の破壊と復讐とが気に入らなかった様である。

そう云う事で友人と議論したり、又家の者に私の意見を強いたりした。某家を弔問するため、芝車町に行く途中、はからずも泉岳寺の前を通って、見たくもないお寺を見たのは残念だと云う様な感想を当時の日記帖に誌《しる》している。

その弔問の事に就いて、古い日記帖の文章を百鬼園随筆の中に収録したところが、途中の叙述の間に赤穂浪士の事が出て来るので、そう云う怪しからん事を考える著者の本は、今後読んでやらないと云う投書が版元の本屋に来たり、私にも直接にその説明をもとめると云う手紙が舞い込んだりした。

先日来私は最近に上木する「百鬼園日記帖」の原稿整理をした。その中にまた右の一件が出て来るのである。しかも原文のまま採録するとなると、百鬼園随筆所載のものよりも一層激しい文辞を用いているので、煩わしい事が起こるかも知れない。面倒だから字を伏せてしまおうかなどと今考えている。

老松町のその家に夏を迎えて、ある日の夕方、私と妻と、まだ小さかった子供をつれて、江戸川橋の際の寄席に出かけた。田舎から老人達を呼び寄せない前なので、後に留守居する者もないから、家じゅうの戸締りをして出かけた。長年飼い馴らしている鵯《ひよどり》の大きな鳥籠は、風通しをよくしてやる為に玄関の三和土《たたき》の上に下ろしてあったのを、その儘にして出かけた。上り口の履脱《くつぬぎ》のところに、開けたての出来る細長い戸がついていた。そこを開けておくと、床下を吹き抜ける風が通うのである。私共はその小さな戸を閉めるのを忘れて寄席に行った。

面白い話を聞いて帰って、玄関を開けたら、電燈に照らし出された三和土の上には血が流れて、腰壁にも血の繁吹《しぶき》が飛んでいる。籠はもと置いたところから少し動いて斜に向き、その中に鵯が首を千切られて胴体にぶらぶらにつながった儘、羽根を散らして死んでいた。三和土の乾いたところに、血を踏んだ獣の足跡が点点とつづいて履脱の戸から床下に消えているのを見て、私はすぐに猫の跡を追ってその穴から這い込みたい様な気がした。

座敷の庭に廻り、縁の下から床下を覗いて見た。真暗な奥に、青い炎の様な猫の眼が光って消えたかと思ったけれど、よく解らなかった。

夜通し見覚えのある野良猫の顔が目先にちらついた。蒸し暑くて、寝苦しいから度度眼をさました。その度に私は起き上がって、猫を追跡したい様な、せかせかした気持がした。

翌朝《よくあさ》私は起きるとすぐ物干竿を舁《かつ》ぎ出して、その尖《さき》に出刃庖丁を縄で括《くく》りつけた。

「何をなさるのです」と妻がきいた。

「猫を突き殺す」と答えて、私はその竿を抱いて縁の下に這い込んだ。

床下の地面に朝の光が射し込んで、大きな土の塊りや、風で吹き込んだらしい反古《ほご》紙の向う側に、荒い陰が険しく流れている。奥の方は薄暗くなって、よく見えないけれども、猫が動けば必ず見究める、今この床下にいなくても、きっと通るに違いないから、それまで待っていると私は一人で息をはずませた。蹲踞《しゃが》んで胸を押さえているので、段段苦しくなって来た。しかし私は竿の先に鈍く光っている庖丁の刃を見つめて、動かなかった。

頭の上に妻の歩く足音が響いた。

「あれあれ、お父さんは縁の下に這い込んで仕舞われた」と云った。子供を抱いている様な気配であった。「仇打ちの悪口ばかり云うくせに、今日はお父さんが仇打ちで、猫を殺すんですって、おお怖《こわ》、おお怖《こわ》」

そう云って足拍子を取りながら、何処《どこ》か向うの方に行ってしまった。

銘鶯《めいおう》会

去年の晩春の某日、日暮里のひぐらし園に鶯の会を聴きに行った。暫らく振りに外に出たので、目がぱちぱちした。町の屋根に一ぱい日が当たり、足許を温かい風が吹き流れた。道灌《どうかん》山の通から左に折れた道を行くと、屋根の角角に、第何番はこの横左側の何軒目と云う様な貼り紙がしてある。鶯の事だろうと思ったけれど、よく解らないから先ずひぐらし園と云うのを探して行って見たら、広い庭の中にある幼稚園で、その玄関に卓子《テーブル》を据えて著流しのおやじさんや、背広の兄さんが胸に造花をつけて人の顔を見た。

会費を払うと、鶯の目録と番号表に添えて食券をくれた。通の何とかと云う鰻屋に行って、御自由に召し上がってくれと云った。

受附に列《なら》んでいる連中の中に、半識りの顔がいるので、向うから挨拶をしない様に目を外らして、その前を離れた。こっちに来て考えて見ると、みんな何処《どこ》かの小鳥屋の亭主であったらしい。

塀の角に貼ってある番号と、手に持っている目録とを引き較べて、聴き度いのを探して行くのである。しかし私はこう云う会に来たのは初めてで、鶯の銘を知らないから、どれを聴いても同じ事である。銘は花魁《おいらん》の源氏名、相撲取、料理屋などの名前に似ているのが多くて、又お菓子の様なのもある。明保堡、一富士、月ヶ瀬、喜楽、蓬萊、そうかと思うと三声殿だとか万春楽などと云うのや、豊豊と云う洒落たのもあった。私は湯島の今村から出た三保ノ松の系統のを飼っているから、その名前を探したけれども、当日は出ていなかった。

ひぐらし園で啼き合せ会があるのかと思ったところが、そうではなくて、ひぐらし園は玄関の受附だけなのである。廊下の曲がった奥にある大広場に鶯の会があって、両側には羽織袴の人がずらずらと列び、私もその中にいて、そわそわしているところへ、一寸《ちょっと》と云って何人かが呼びに来たので、起って行くと、なんにも置いてない、身の締まる様な部屋に私だけ一人坐って、今、鶯が啼くところだと云う事が解った様な記憶があるので、考えて見たらそれは去年の今頃見た夢である。本当の方は、当日町内の方方の家の玄関の間や、庭から廻られる座敷などを借りて、一軒うちに一羽ずつ鶯が置いてあるのである。それが何十軒もあるので、みんな聴いて廻るのは大変だろうと思った。どれか二つ三つ聴いたら、鰻屋へ行って、もうそれで帰ろうと考えながら、道の角を曲がると、ついこないだ、目白籠を届けさした四谷の大横町の小鳥屋の亭主が向うから来て、私と向き会った。家で会った時はいつもの様に浴衣に羽織を著て、鬚も髪も生え放題に伸びていたが、今日は外に出るのに、そんな無茶な顔をしていると気違いの様に人が思うかも知れないから、頤《あご》のまわりの毛だけは鋏で翦《き》って来たし、それに著物も著換えて、ちゃんと袴をつけているので、小鳥屋はよく解らないらしい。曖昧な目つきで私の顔を眺めているから、急いで私は向うに行ってしまった。旦那これはようこそ、さあ御案内申し上げましょうなどと云い出されては、窮屈で困る。

番号の貼ってある家に這入って行こうと思って、門の前に起つと中から先客が二三人出て来た。みんな黙って、足音をさせない様に歩いているから、告別式に来た様な気がした。それで私も足音を忍ばせて這入って行くと、今度は自分が空巣覗《ねら》いの様に思われた。

二三軒廻って見たけれども、恐ろしく立派な飼桶《こおけ》に見とれて、紫檀や黒檀の枠にちりばめた蝶貝のきらきら光るのを眺めただけで、どこでも一声も啼いていないので、又そうっと忍び足で往来に出た。

玄関の横から柴折戸《しおりど》をくぐり、美しい庭を通って、座敷の縁側に腰をかけると、閾《しきい》際に坐っている頭の禿げたおやじさんが、茶をすすめた。それから蜜柑やバナナを盛った鉢を出して、食えと云った。私の外に先客はいなかった。

おやじさんは、うしろの飼桶をしきりに気にしながら、私に話しかける。その調子が中途半端で、私語でもなく、当り前の声よりは抑えた様な変な工合だから、私は気になった。話している事も他愛のない事ばかりで、少し黙っていたらよかろうと思ったけれど、あんまり止めないから私から云った。

「啼きませんね」

「今すぐ啼きます」

「二三軒廻って来たけれど、何処も啼いていませんでした」

「さようですか、手前の方はもうじき啼きます」

「こうして待っているのも頼りないものですね」

「いえ、それはそれとなく様子で解ります。先程一寸水を使わしましたから、もう程なく啼きます」

庭石に水籠《みずこ》が乾かしてあったので、成程と思った。

「そら、渡り始めました。もうすぐです」

床の間に据えた啼台附きの飼籠の中で、微かに、ことことと鶯が棲り木を蹈《ふ》む音がした。

しかし何時までたっても啼かないので、私がくさくさして腰を上げようとすると、おやじさんはあわてた様に何か話しをつないだ。

「人の声がするから啼かないのではありませんか」と私がきいた。

「滅相な、こうして私が話して居りませんと啼きませんので、私の声を聞き馴れて居りますから、それで安心して始めます様なわけで」

そうして見ると、このおやじは、一人で独り言を云っているわけにも行かないから、鶯を啼かせる為に、私をつかまえて相手にしているのである。

急に起ち上がって、飼桶の障子の裏から、白紙を一枚抜き取った。二重になっている仕掛などは私は知らないので、不思議そうに眺めていると、こっちに帰って来て、「この紙一重の明り加減で、今度は啼きますでしょう、どうぞお茶をもう一つ」と云った。

到頭啼かないのだけれど、私が諦めて起ち上がるには、非常に気まずい事になって困っているところへ、いい工合に次の客が、そうっと音もなく柴折戸から忍び込み、何だか肩まですぼめてやって来たので、それをしおに私も抜き足差し足で、柴折戸から外に出て、ほっとした。

続銘鶯会

今年の鶯の会は五月十二日の日曜に開かれた。場所は毎年同じ日暮里渡辺町である。尤も鶯を置く家はその年の都合によって、いくらか変っているかも知れない。今年は去年よりも大分数が多かった様に思われた。

朝から空模様が怪しかったので、雨のびしょびしょ降っている中を、傘をさしたりつぼめたりして、人の家の玄関や庭を覗き込むのも気が利かないと思ったから、暫らく見合わせている内に午《ひる》過ぎになった。雲はかぶっているけれども、風が出て雨の方は大丈夫らしくなったので、それから出かけて行った。

時間の関係か天気の都合か知らないが、一体に去年よりはよく啼いていた様である。表を歩いていても、どこか近くにいる鶯の谷渡りが聞こえたりした。

玄人らしい顔の男が二三人ずつかたまって、鶯のいる家から出て来ると、入口に立ち停まり、暫らく考え込んだり、又は何事か小声で打合わせたりして、目録の紙に鉛筆を舐めて書き入れをした。胸に紫色の造花をつけて、顔附きも概して物物しかった。夕方から表通の鰻屋の二階で品評会を開き、今日一日の啼きによって鶯の等級を定めるのだそうである。年によると議論が果てないので夜明かしになる事があると云う話を聞いた。その結果番附が出来上がって、東都文字口鶯中の銘鶯の順位がきまるのである。

何度行って見ても、啼いていない鶯がある。折角会に出したのに、到頭一声も聞かしてくれなかったと云うのもあるそうだが、中には飼桶《こおけ》の中に鶯の這入っていないのがあると云う話を聞いて、不思議な気がした。鶯を飼っている人が、会の前日あたりになってから急に思い止まる事も間間あるそうで、そう云う時には、既にきまっている目録や、座敷を借りる家の割当て等をくるわせない為に、だまって空っぽの飼桶を所定の座敷に据えておくのだそうである。まだ啼きませんね、もうそろそろ啼くでしょうなどと云って一服吸いながら、静かに待っている飼桶のなかには、なんにもいないかも知れないと云うのは、中中趣きの深い事だと考えた。

事務所のひぐらし園のすぐ前にある三升家《みますや》小勝《こかつ》老の家の鶯はよく啼いていた。どこか奥の座敷か茶の間に御主人の小勝老が六ずかしい顔で一服しながら、鶯の声に聞き惚れていやしないかと思って、頻りにその風丰《ふうぼう》を想像した。去年もこの家の鶯はよく啼いていた様である。年年の銘鶯会の感想を老から聞きたいものだと思うけれど、鶯を聞きに来たついでに案内を乞って上がり込むわけにも行かない。

時時強い風が吹くので、家の外が何となく騒騒しかった。立ち樹の多い家では、庭の枝がさあさあと鳴る事もあった。鋭くなくて遠音にひびく鶯の声が、そう云う物音の間に浮き出して、はっきりと聞こえた。

広い座敷の中庭の向うの座敷に、丁度今鶯が鳴いている。二三人の先客が縁側に腰を掛けて、お茶を飲みながら聞き惚れているところへ、私が這入って行った。美しい苔の生えた庭の踏石が、柴折戸《しおりど》のところから向うの座敷の上り口までうねうねと続いている。私はその上を踏んで行くうちに、自分の下駄が石で鳴るのが気になって、苔の上に降りて歩いた。下駄の裏に庭の肌が吸いつく様に思われて、足が竦んだ。

そこの鶯はよそから持ち込んだものでなく、自分のうちの鳥を聞かしているらしかった。啼台附の立派な飼桶の下に、主人らしい年配の人が坐って、縁端に腰を下ろした客には、一一女中がしとやかに茶を供した。私が縁側に近づいて、腰を掛けようとする時、不意に一陣の風が吹き過ぎて、あわただしい気持がしかけた途端、どこか近くの屋根に竹竿の様な物が倒れかかって、瓦をこすって地面に落ちる音がした。丁度鶯が中音を啼きかけていた時なので、はっとすると同時に鶯はその物音で啼き止んだものと思いかけた私の仰山な気持にかかわりなく、静かな音品で結びを歌い終る銘鳥の声が、向うの座敷のほの暗い隅から飼桶の障子を通して薄曇りの庭に流れ出るのを聞いた時、私はかすかな戦慄を覚えた様な気がした。

初音

雨のざあざあ降っている午後、表で自動車の停まるきしきしと云う変な音がしたと思ったら、石梁山人が二重廻しの袖の下から、大きな四角い風呂敷包を食《は》み出さして、上がって来た。

昨夜近所まで散歩に来たからと云って私の所に立ち寄った時、子飼いの鶯をやろうかと云う話だったので、戴きたいと云ったら、それでは近い内に持って来ると云っていたその昨夜の今日だから、私は恐縮する前に驚いた。

石梁氏は濡れた風呂敷をほどいて、中から桐の飼桶《こおけ》を出した。

「昨晩もお話ししました様に、下げ音では結びが出ませんけれど、どうかすると三度に一度はうまく啼く事もある様です」と心細い様な事を云った。

私はずっと昔、子供の時分に祖母が飼桶に入れた本当の鶯を飼っていたのを覚えているきりで、自分では藪鶯しか手にかけた事がなかったから、そんな六ずかしい話はわからない、何しろ湯島の今村から出た三保ノ松の系統を引いている附ケ子の鶯と聞いただけで、そう云う高価な鳥を、いくら石梁山人が飼うのが面倒になったからと云って、ただで頂戴してはすまないと思うばかりである。

飼桶の障子をはずして、中の鳥籠を手に取って見ると、尾の羽根の切れた薄汚い鶯が、棲《とま》り木の上を手応えのする様な勢いで渡った。一目見て銘鳥の格を備えている事が解った様な気がした。藪鶯などとは羽根のしまり方からして違うらしい。夜は八時まで灯りを見せていると云う話であったから、私もその通りにした。飼桶を床の間にのせて、時時私の机の前からその方を振り返りながら、小さな障子の中から洩れる微かな鶯の気配を気にした。

客が来て、床の間の前に坐ったので、「すみませんが、もう少しこちらに寄って下さいませんか」と云ったところが、客はけげんな顔をして、腰を浮かした。

「え、どこですか」

「はあ、もう少しこちら」

「どうかしましたか」

「うしろの鶯の障子が陰になりますから」

客は後を振り向いて、はじめて鶯の飼桶に気がついたらしい。それで恐縮したか、何だこんな物と思ったか、その気持は私には解らなかった。

二日目のお午前《ひるまえ》に、飼桶の障子の中で、何かしゃがれた声がした。暫らく解らない事

を云っている内に節が出て、

「ひい、ほけ」と云った。

鶯が啼いたと思って、身体を固くしていると、続いて、

「ほうほけ」と云った。

それから同じ様な事を何度も繰返して、段段うまくなった様である。しまいに「ほう、ほっほっほけ」と啼き出した。

しかし、いつも中途まで止めてしまうので、気がかりで仕様がない。鶯は「ほうほけきょ」と啼くものと思い込んでいるのに、私の銘鳥はその上の方にばかり馬鹿に手間をかけて、後がない。いつまで聴いていても同じ事なので、じれったくなって、いらいらし出した。後のところは私の方で、口の中で続けておかないと気がすまなくなった。

そう云う節廻しの儘で段段声が澄んで来て、遠音が利く様になった。表を通る子供や御用聞きが、私の家で鶯が啼いているものだから、窓のところで、「ほうほけきょ」と啼き真似をした。中に一人憎らしいのがいて、私の家の前に来ると、「ほうほけ、ほけほけ」と云って通る。癪にさわるから追っかけてやりたいけれど、捕まえて見たところで別に怒鳴りつける口実もない。飼桶の中の鶯はそんな事にお構いなく、朗朗と「ひいほけ」「ほうほけ」を繰返している。

自分のところの鶯はそうでも、その後私は銘鳥の会などに行って、いい鶯の声や節を

聴いているから、私の文章のところどころに、さもさも私が銘鶯の節を飲み込んでいる様な事を書いたので、勘違いした人がある。ある会の席上で、私の飼っている鶯の話をしたところが、その人は驚いた様な顔をして「へええ」と云った。「あなたの所の鶯は、ホケの啼き切りですか」

「そうなのです」と云って、私は少し面目を潰《つぶ》した。

「私はまた、お書きになる物から想像して、余程いい鶯がいるのだと思って居りました」

そう云う話をした後では、何だか家の鶯が情なくなる。今年ももうじきに初音を聞かしてくれる時候になったが、これで三年目なのだから、いくらか上手になっていないだろうかと、飼桶の中でことことと棲り木を踏む音を聞きながら、頼りない事を考え込むのである。

続阿房の鳥飼

私は今小鳥を三十五羽飼っているが、もとからそんなに沢山飼うつもりではなかったので、自分ながら少しあきれている。小鳥を飼う者は阿房にきまっているので、そうでない人でも少し小鳥に夢中になると、矢っ張り阿房の仲間に這入って来るらしい。利口があやまって小鳥を飼うと、鼻持ちのならぬ話をし出すので閉口する。先年十姉妹《じゅうしまつ》の流行《はや》った当時の醜態はそのいい見本である。あの当時は小鳥を飼っているとか、好きだとか云うと、すぐに勘違いをして、儲かるでしょうと云う様な顔をする相手が多かったので、うっかり小鳥の話も出来なかった。

小鳥を飼って損得を考えるのも馬鹿げた話だが、もしそんな事が気にかかるなら、一たび小鳥を飼えば、損するより外の場合はあり得ないと云う事を、はっきりさせておくに限る。小鳥の値段などは、要するにこちらの欲しいと思う気持がお金の高で計られるに過ぎないのだから、それが他人に取って、どの位に通用するかなどと考えて見ても始まらない。百円の鶯でも三十銭の真鶸《まひわ》でも、買ってしまえば同じ物である。その鶯が落鳥したから、百円棒に振った様な事を考えるのは大間違いであって、百円と云う金を失ったのは買った時であり、損は既にその時にすませている。惜しかったと云えばその時の事であるから、あんまり惜しければ、買わなければよかったまでの話で、買ってしまってから後は、鶯が長生きしようと、じきに死のうと、その鳥が惜しかったり、可哀想だったりするだけで、もうお金の話ではなくなっている。

私の鳥飼は今に始まった事ではないので、百鬼園随筆の中にも、「阿房の鳥飼」の一篇を載せている。その記事に収めた或時期には、五十羽許り飼って仕舞に閉口した事がある。そんなに沢山小鳥を飼う事は全く無意味であって、本当の味わいがなくなってしまう事を、その当時の経験で承知している筈だから、今度もこの二三年来ふやすまいふやすまいと気をつけていたのに、到頭また三十五羽になった。三十五羽と云う数に何も意味はないので、之でお仕舞、之でお仕舞と考えている内にそうなったに過ぎない。

「しかし三十五で打ちとめてあるところを見ると、矢張り何かいわれがあるのでしょう」と気にする訪客がある。「いえ何でもありません」と答えたら、

「そうですか。吉原の幇間《ほうかん》は三十五人が定員になっています」と変な事を云った。

もう二三羽ふやしてその男の妄を解いてやりたい気もする。昔の五十羽は種類が多くて困ったが、今度はその点は初めから気をつけているから、三十五と云っても、種類は半分にも足りない。その中に、野鵐《のじこ》と目白とは各七羽ずついる。其他鷦鷯《みそさざい》、日雀《ひがら》、茅

くぐり、雲雀《ひばり》等はみんな二羽又は三羽ずついる。鶯、葦剖《よしきり》、鶲《ひたき》、小雀《こがら》、尾長など一羽ずつで、その外なお五六の野鳥がいる。

私は長年の間、小鳥をふやしたり、へらしたりして飼っているが、一羽もいなかったと云う時期は殆どなかった様である。ずっと少くなった時でも飼い続けていたのは、野鵐と目白であって、それから今はいないけれども餌癖のいい黒鶫《くろつぐみ》を手に入れて何年も飼い込んだ事がある。阿房とか馬鹿とか云う事は、人から云われると承知出来ないが、自分で観念して考えて見れば、これは一つの状態であって、病気でもなく、発作でもないから、私の鳥飼いも中中やめるわけに行かないだろうと、自分で諦めている。

頬白

頬白が二羽いた中の一羽が段段元気がなくなって来たので、外の時候はいいし、虫や草の実にも事を欠かないであろうから、逃がしてやろうと考えた。手間をかけて手当をしてやって、無理に籠で夏を越させる程の鳥でもない。しかし大分弱っているので、よく飛べないかも知れない。道ばたに不時著して、野良猫に食われたりしては可哀想だと考えたから、籠を持ってお向うの伯爵邸の垣根まで行った。籠の中からすぐに枝の中に隠れられる様にと思って、籠を生垣にくっつけて戸を開けたのに、頬白は変な風に飛び出して、いきなり垣根の地べたを走り出した。からからに乾いたそこいらの土を突っついている。元気はあるらしいけれども、小さな胸がどきどきしているのがよく解る。

いつまで待っても、生垣の根もとを馳け廻るばかりして、中中向うへ行かないので、じれったくなったから、棒切れを拾って追い廻してやった。それでも棒の先を逃れる為に少しずつ飛ぶだけで、矢っ張り垣根のこっち側を離れない。到頭面倒臭くなったので、家の者を代りに番人につけて、私は家の中に這入ってしまった。

大分たってから家の者が帰って来て、やっとお向うのお庭の中に這入って行きました、お庭には樹が沢山あるから、あすこにいれば一日か二日ですぐに元気になるでしょう、と云った。

それで私も安心して、頬白の事を忘れかけていると、夕方に豆腐屋が来て、お向うのお屋敷で頬白をつかまえて飼っているが、お宅のが逃げたのではありませんかと云ったので、又気にかかり出した。

お庭に這入ってからも、高い枝に上がらないで、地べたを馳け廻っていたのであろう。大分人に馴れてもいるし、おまけに元気がないからすぐに捕まったかも知れないが、お向うのお屋敷だって、病気の小鳥を飼って見ても仕様がないだろう。

豆腐屋に言伝けをした。あの頬白は加減が悪いから逃がしてやったのだから、それを又捕まえては可哀想だから、もう一度逃がしてやる様にそう云って下さい。

「しかしお向うさんで稗《ひえ》と粟《あわ》を入れてやったら、おいしそうに食べ続けているそうですよ」と豆腐屋が云った。さもさも私の家で十分餌をやらないから、伯爵邸に行って御馳走になっている様で聞きなりが悪い。

「それはいけない、あの鳥は長い間摺り餌で飼い込んであったのだから、急に撒き餌を沢山食わしたら死んでしまう。そう云って下さい」と私からも注意した。

しかし豆腐屋の言伝けを聞いても、お向うの家で折角つかまえた小鳥を逃がすかどうだか解らない。豆腐屋がこちらの云った通りを伝えるかどうかそれも解らない。それかと云って、わざわざ私の方から出かけて行って、申し入れる程の事でもない。第一、大きな犬がいる。仕方がないから、ほってはおくが、身分と云うものは色色の事で関係が異なるものであって、小鳥の事から云えば、私の家でいらないから捨てたものを、伯爵邸では拾ってよろこんでいるらしい。気の毒な事だと考えた。

翌日豆腐屋が来て、あの頬白は沢山餌を食べた挙げ句に、死んだそうですと云った。

葦《よし》切《きり》

去年の夏初めに、葦切の雛を貰って育てたが、まだろくろく羽根も生え揃っていないし、足も立たなかった。眼ばかり大きくて、変な声を出して、ぎゃあ、ぎゃあ鳴いた。

がらは鶯の親鳥ぐらいもあるのに、全身がふにゃふにゃで、丸で赤裸で、巣藁の隅に流れた様になって寝ているかと思うと、人の気配で急に赤い頸を伸ばして、餌をせがんだ。野鵐《のじこ》や雲雀《ひばり》の雛も同時に育てたが、葦切はそう云う小鳥よりは一まわり大きいから、憎らしい様でもあり、又大きいばかりで何処《どこ》となく締りがなくて、きょとんとしているところが可愛い様にも思われた。

その内に段段大きくなって、脚もしっかりして来ると、しきりに起き上がって脊伸びをした。巣藁の縁にとまっているのを、こちらの手に移らせると、そのまま人の指にしがみつく様にして中中離れなかった。細い葦の茎などに身体を横にして止まる癖が、こう云う子供にも伝わっているのであろうと思った。

薄いながらも全身に羽根が生えそろって一人前の若鳥になった。鳴き声にも締りが出来て、人の顔を見ると、きょん、きょんと云う様になった。

自分が飼っているので、色色書物や雑誌の中に、葦切の記事があると、注意して読んだ。それで気がついて見ると、葦切は飼鳥としては大変六ずかしいものであって、昔から冬になれば必ず落ちるにきまったものとなっているらしい。たまに冬を越させる事に成功した人は、小鳥の雑誌にその報告を寄せている位である。そんなに六ずかしい鳥とは知らなかったが、そうと知った上は、意地にも落としたくないと考え出した。

秋寒の時分から葦切の籠の傍にはいつもきまった火鉢を置く様にして、夜は家の者が駱駝《らくだ》の襟巻で鳥籠を巻いて寝かした。日が暮れてから近所の使に行かせようと思うと、もう葦切が寝たから、襟巻がなくて困ると云う様な事になった。

お正月にならぬ内から囀りを始めて、段段に声の調子が整って来た。いつでも鳴き出すのは傍の火鉢の炭が真赤におこりかけた時に限る様である。初めはそれで籠の中まで温くなるのがいい気持であったに違いないが、長い間の癖になって、今では寒くもないのに、矢張り炭火の色を見せないと鳴かなくなった。

壁を隔てた私の部屋から、葦切の鳴くのを聞くと、入江に這入って来た浪が、土手の石垣にぶつかって砕ける様な気がしたり、低い声で鳴く調子は、小さな波が葦原の根もとに這い上がり又引いて行く水音に合わしているらしくも思われる。

こんなに世間が暖かくなっても、私のところの葦切は傍の火鉢に火を入れなければ承知しないのでは、狭い家の中がもやもやして、これからもっと暑くなったら到底こちらが我慢が出来ない。落語の碁どろの故智に祖《なら》って、烏瓜の赤くなったのを火鉢にいけて、その色で蓋切を鳴かせようかと考えている。

春信

私は小鳥を三十羽ばかり飼っているが、家が狭くて置き場所がないので、玄関に荒造りの棚を据えつけ、その中に籠をならべて鳴かしている。

表の格子の磨硝子《すりガラス》に人影が射すと、尾長がきまって、きゅうきゅうと妙な声を出す。それで家の者に、だれか人の来た事がわかる。鳥には別に取次いでくれると云う程の料簡がある筈もないが、何か家の中に物音がしていて、人の声が聞き取れない時などは、随分便利だと思う事もある。

「お宅には装置があって、来訪者が玄関に起つと、すぐに音がするように電流が通じるのかと思いました」などと勘違いをしたお客もあった。

尾長は家の者の声を聞き分ける事が出来るらしく、私が外から帰って来て、往来で咳払いをしながら近づくと、家の中から、きゅうきゅうと鳴いて私の帰りを迎える。

外の鳥はみんな鳴鳥《なきどり》だから、それ程人に馴らしてもないが、しかし全数の三分の一ぐらいは、雛の時から餌を差して育てた子飼いなので、そう云うのは矢っ張り人をなつかしがり、囀る時も人のいる方へ来て、人の顔を見ながら鳴くのである。

餌は全部摺り餌で、鮠餌《はやえ》と鮒餌《ふなえ》の二種をつくり、また鳥によっては胡桃《くるみ》、南京豆等を摺り込んで与えるのもある。そう云うきまった摺り餌の外に、季節によって蜂の子、蝦《えび》蔓虫《づるむし》、袋虫等を与える。小鳥飼の玄人筋の話しを聞くと、そう云う虫は与えなくてもいいのであって、また与えずにすむものなら、与えない方が鳥の為にいいと云う説もあるらしい。特に右の中で、袋虫はやっても殆んど何の役にも立たないと云う話しであるが、しかし、虫の成分は知らないけれども、小鳥の方でよろこぶから、ついこちらでも与えたくなる。害になっては困るけれど、そうでもない限り、小鳥がよろこぶ物はやらないと気がすまない。向うでほしがっている物を、役に立たないから、やらないと云う風に理窟張って来ると、それでは一体小鳥などを飼って、何の役に立つかと云う様なことを考えなければならない。それでは、阿房の鳥飼いの立つ瀬もなくなる。

小鳥達のよろこぶ虫を与えると云う、一番割のいい役目は私が引受けている。虫をくれる人間は私に限っているので、小鳥達は私の姿に非常な魅力を感じ、楽しい聯想を託しているらしい。

私が玄関に下りて行くと、棚の籠にいる小鳥達は一斉に色めき渡り、すわと云う気配で私の方を眺める。前面の格《こ》に来てとまるのもあり、その間から嘴をのぞけて、私を誘う様にするのもあり、一声大きく鳴いたり、急に籠の中をばたばたしたり、いろんな方法で私の注意を引こうと試る。あまり敏捷でない馬鹿鶲《ばかびたき》は、私の姿を見る度に棲《と》り木《ま》から辷《すべ》り落ちて尻餅を搗《つ》く。

そう云う風に私が小鳥達から好かれるのは、小鳥達が私の姿からうまい虫を聯想し、次の行為を推理して、今に虫をくれるだろうと判断する為であるとは考えられない。結局私の顔なり姿なりが、すぐに大きな虫の様に思われるのであろうと私は想像している。人間からそう見られては困るが、相手が小鳥ならば構わないから、私は矢っ張り欠かさずに、せっせと虫をやっている。

うまい物をしょっちゅう貰う上に、家が狭いお蔭で、家の中がいつも温かいから、小鳥達は今から春になった様なつもりで、朝から晩まで囀り通している。

うぐいす

私が以前に飼っていた鶯は、石梁氏にもらった子飼いであって、湯島の今村久兵衛から出た「三保ノ松」と云う銘鳥の附ヶ子だと云う話であったから、系統は正しい筈なのだが、下ゲ音が中途で切れて「ほうほけ」と云ったきりで止めてしまう。貰う時からその話はあったのだから、それを承知で飼っているに違いないのだけれど、しょっちゅうそんな尻切れの節ばかり鳴くので、聞いている内に気にかかり出すと、じれったくて堪らなかった。

しかし、節は中途半端だけれども、声は柔らかく、ふくらみがあって、流石《さすが》は子飼いの鶯であると思われた。普通の藪鶯には、声に余韻がないから、荒い地声が騒騒しいばかりで、狭い家の中で飼うと八釜しくて始末に困る。春が闌《た》ける頃になると、夜少しの明かりが射しても鳴き出す事があるので、静かな屋敷町などを、十時十一時頃に通っていると、突然どこかの窓の中で、藪鶯が鳴き立てるのを聞く事がある。板を叩き合わせる様な、固くて平ったい声が、暗い空の下に大袈裟な響を伝えて来る。辺りが森閑としている時に、不意にそんな声を聞くと、何だか無気味な気持のする事さえある。

そう云うのに比べると、私の鶯は節はまずくても声がいいので、外へやってしまう気にはなれない。しかし、何とかして節をなおす方法はないかと考えた末に、幸いまだ一年目の若鳥であるから、親鳥のはっきりした節を聞かせれば、仕舞の方の鳴けないところを覚えるかも知れない、それには本当の銘鳥にもう一度附けるに越した事はないが、それは金もかかるし、又一通りはその修業は済んでいる筈なのに、よく覚えていないのだから、もう一度親鳥の節を聞かせたところで急になおるとも思えない。それよりも大きな声で荒っぽく鳴く藪鶯を聞かした方が手っ取り早いのではないかと考えた。飼桶で飼う文字口鶯と藪鶯とでは、鳴き方も節も違うのだがそんな事はかまわない。ただ「ほうほけ、ほけ、ほけ」と云う見っともない尻切れが、昔からだれでも鶯の歌に予期する通り「ほうほけきょう」と結ぶ様になりさえすればいいので、なおその上に文字口の鳴き方と云われる「ほうほけけこう」とまでならなくても我慢する。藪鶯を聞かせた為に、節が崩れるかも知れないが、声の音色まで変わる様な事はないであろう。節は何でも、兎に角、結びの尻切れさえ直れば、それでいいと考えて、早速音羽の小鳥屋へ出かけた。

三ツ音が揃っていると云うので藪鶯としては随分高いと思ったが、五円出してその鳥を買って来た。

持って帰った日から早速鳴き立てて、無遠慮な大きな声を家じゅうに響かせた。一日二日すると、その声につれて、飼桶の鶯も時時「ほうほけけこ」と鳴き出した。まだ曖昧ではあるけれども、結んでいることは確かである。大いに自信を得て、私の計画の成功しそうなのを喜んでいると、今度は、時時私の家に餌を持って来る大横町の小鳥屋の亭主が来て、私の話を聞くと、目を丸くして驚いた。

「そんな滅茶な事をなさいまして勿体ないじゃ御座いませんか」

「いけないだろうか」

「折角の附ヶ子鶯が台無しになってしまいます」

それで、定見のない私は、云われて見ればそれもそうだと云う気がしたから、又藪鶯につけるのは止める事にした。買って来たばかりの藪鶯を音羽の鳥屋に持って行って、追い金を出した上で、ほかの鳥と取り代えて貰った。

昔からよく云う「阿呆の鳥飼」と云う言葉は、小鳥に夢中になる連中を嘲ったものに違いないが、もう一つその中に含まれた意味がある。他人の持っている物を欲しがって、自分の物と取り代えて貰う様な事をすれば、きっと損をする。それを戒めて「阿呆の取り代え」と云うのであると云う事を聞いた事があるが、もしそうだとすれば、「阿呆の鳥飼」である上に、又その鳥を小鳥屋で取り代えて追い金を払ったりするのは、別の意味の「阿呆の取り代え」の方も兼ね備えている事になる。手間のかかった阿呆だと、自分ながら呆れるのである。

藪鶯はたった一日か二日で離してしまったので、結びを鳴きかけていた飼桶の鶯は、またもとの通りに「ほけ、ほけ」ばかり鳴き続ける様になった。後で考えると、矢っ張り藪鶯でもいいから附けておけばよかったと思った。到頭春が過ぎて、梅雨から土用まで「ほうほけ、ほけ、ほけ」で通したので、仕舞いに私はその声を聞くのが情なくなった。

それで結局その鶯はあきらめて新らしい鶯を買う気になり、去年の秋から、その事を湯島の今村に頼んでおいた。

初めは鳥屋《とや》のすんだ親鳥を買うつもりであったが、親鳥は値が高いし、手に入れる事も簡単には行かないから、春を待って、附ヶ子の雛を飼った方がよくはないかとすすめられたので、又そのつもりになった。

雛が来る事になると、今までの「ほけ」鶯が家にいては困るので、早くから人にやってしまった。その後に、私の書斎には、外の飼桶を入れて、障子も新らしく貼り替えた。そうして雛の来るのを待っていると、今年は時候が後れているから、雛の出も後れるとか、雨が続いたのでどうとか、小鳥屋が来て、延引の言い訳ばかりした。

やっと七月に入ってから、雛が来た。

その雛に就いては、又筆を更めてから書く事にするが、今年の土用の酷暑も無事に越し、鳥屋も綺麗に上がり、子鳴きも止まって、今は静かに棲り木を渡る音が時時飼桶の外に洩れるばかりである。

今度こそはと思って、私は春の初音を今から楽しみにして待っている。

仏法僧落つ

前略御免被下度候《くだされたくそうろう》。陳者《のぶれば》客秋頂戴の仏法僧儀、木葉木兎《このはずく》なるに因《ちな》みて「ずくもの、ずくもの」と呼び、小さき耳のある頭を撫でて几辺の侶と致し居り候処《ところ》、四五日前に吐く息が熱く、嘴少少暖かき様存ぜられ、次いで漸く餌を食い申さず候。色色に手を尽くし昨夜は赤酒数滴を水に薄めて、スポイトにて相含ませ候え共、一向に元気恢復仕《つかまつ》らず、その癖夜分はかたん、かたんとあばれ申候事故《もと》の如し。ただ一時の餌離れかと存じ居りしも、既に数日を過ぎて段段に相衰え、頻りにほうほうと鳴きて小生を呼び申候と雖も、何として宜敷《よろしき》哉見当之れ無く、何卒《なにとぞ》手当の法を御教示被下間敷哉。御都合にて御来診賜わり候わば万謝此事に存じ奉り申候不乙《ふいつ》

ずく物儀、御高診の翌日は午頃《ひる》少し元気之《こ》れあり、蘡薁虫《えびづるむし》を千切ってやれば自分で喰いました。或はこれでなおるのか、又はほんの中直りかと種種気を揉み申候。御高診の晩の容態にては、次の朝も六ずかしきかと存じ、目がさめるとすぐに、どうしているか

と家人に相尋ね申候。考えて見ればこんな事が既に三朝か四朝か相続き居り申候。若し当日の朝なお生きている様ならば、どんなにかして直してやり度きものと存じ、家人も共共左様申候処、生きていたので大いに張り合いづき、加之《しかのみならず》お午頃には私の姿を認めて、しゃがれ声にて、ほうほうと呼ぶ程でありましたので、皆皆相よろこび申候。

先年学生の羅馬《ローマ》飛行を致した時の救急函が戸棚の奥にありましたので、その中から腸の薬、胃の薬を取り出し、ほんの少量を薄めて嚥《の》ませました。糞を検して消化不良か、腸加答児《カタル》かと診断したからです。その外に又、時時赤酒を飲ませ申候。頻りに水を欲しがりますので、水の代りに牛乳を与え置き申候処、庭箱の中が赤ン坊の様なにおいに相成申候。夕方より「東炎」の座談会に出席しましたが、留守中の事が頻りに気にかかり、席上にてずくものの話を致候処、帰途桐明宗匠は一寸お寄りして仏法僧の死ぬところを見せて貰いましょうかと申され候え共、そう云うところをお目に掛けると云う様な気持にて之れ無きを以て敢てお招きせず。急いで帰ってまだ生きている事を確かめ一安心仕候。

それより又色色の手当仕り、神仏に祈る如き心地にて次の朝を迎え申候。その翌即ち昨日は一層容態悪く半ば昏昏と致居候に拘らず、私の気配を知ると薄目を開き、咽喉をふくらませ候え共、既に声を発する能わず、薬は上述の外に海児補《エビオス》を加え又水の代りの牛乳に卵黄を混じ、更にスポイトにて与える際はその中に葡萄酒を加え申候。昨日は一日ずく物に気を取られ殆んどつき切りにて、何事も手につき申さず、夜に及んで棲《とま》り木にもいられぬ様に相成申候間、食後は膝に抱きて、既に冷えかかっている身体を温めてやり申候。

最早取り戻す事は見込無之とは存候え共、なおその儘には致し難く、最後の手段として、牛乳と卵の液の中にウィスキー二三滴をたらして或は少しにても元気になるかと空頼み仕候。結局安らかにしてやること専一かと諦め申候につき、先日のお土産の菓子函を暖めて綿を敷き又綿をかぶせてその中に寝かせ申候。そんな事にて遅く相成り、十一時少し前に就床仕候処、うとうとと眠りかけて又目ざめ候故、今一度床を出でて、ずく物の咽喉をうるおし申候。

その後いつ頃眠り込み候哉、寝たままにて脚も突っ張らず、今朝にならぬ前に入滅致居申候。傷心何ぞ堪えんや。取り敢ず御報告申上候匆匆《そうそう》

炉辺の浪音

葦剖《よしきり》は歳時記では夏の鳥になっているが、私のところの子飼いはもう立春の前から啼き始めている。「冬は必ず落つ」と昔から云われている鳥なので、寒い間は煖炉の加減をしたり、火鉢を鳥籠の傍においたり、夜は駱駝《らくだ》の襟巻で籠を巻いたりして育てたが、今年は既に三度目の冬である。合羽坂にいた時は、家が狭かったので、間境の障子はすっかり開けひろげて、家の中の温度をどこでも二十度ぐらいにしておく事は何でもなかったけれど、暮に引越して来た今度の家は、間取りの工合でそう云うわけに行かない。それで寒のうちは葦剖の籠を茶の間に持ち込み、小さな瓦斯《ガス》煖炉のまともの位置に、成《な》る可《べ》く火から遠ざけて置いたが、もともと差しっ子であるから、人の起ち居にばたばたすると云う事もない。私が煙草を吸ったり、新聞をひろげたり、家の者がそこいらを片づけたりする手もとを毎日事新らしく珍らしいものを見る様に眺め廻している。その内に少しずつ囀り始めたのだがこの頃は大分油が乗って来たらしい。葭原雀とも行行子《ぎょうぎょうし》とも呼ばれる通りの八釜しい声を耳の近くで鳴き立てているけれど、不思議にうるさいと云う気持はしない。上げ汐がひたひたと入江に乗って来た様に思われる事もある。御飯の時にお茶漬を食うと、葦剖はますます鳴き立てる。さぶさぶと云う音を聞いて、葭の根もとに波が這い上がる様に思われるのかも知れない。もう少し啼かせて見ようと云って、ついお茶漬を一膳食い過ぎる事もある。御飯の後でうっとりしていても、葦剖はまだ前の勢いで啼いている。聞くともなしに聞いている耳の近くにその囀りが断続して、どうかした機《はず》みでは自分が川流れになっている様な気のする事もある。

鶴亀

私は備前岡山の生れなので、後楽園の鶴に馴染が深い。特に私の生家は、町裏の大根畑を通って行くと、すぐに後楽園の裏門に出られる様な位置にあったので、子供の時はしょっちゅう後楽園へ行って鶴を見たし、又家にいても、朝早く澄み渡った声で鶴がれいれいと鳴くのを聞く事も珍らしくなかった。

後楽園の鶴は丹頂の鶴であって、大概七羽いた様であるが、五羽の時もあった様に覚えている。後楽園の外へ飛び去らない様に大羽根が一枚置きに切ってあると云う話であったが、それでも沢ノ池と云う中に島が二つもある様な大きな池を、はたはたと飛び越しているのは何度も見た事がある。池の上ばかりでなく、広広とした芝生の上をすれすれに飛ぶ事もあって、景色のいい庭に鶴が飛んでいるのは美しいが、降りた時の姿は甚だ不恰好である。長い脚をふん張って、羽根を半開きにした儘、とっとっと走り続ける。どうかすると、そう云う時に、頸を振り立てて、れいれいと天に響き返る様な声で鳴く事もある。

新年の回礼の途中後楽園を通り抜ける様な時に、池の渚に遊んでいる鶴を見ると、本当にお目出度い様な気がした。又梅の咲き初める紀元節とか、昔の十一月三日の天長節のお休みなどに後楽園へ遊びに行って、鶴を見ると長閑《のどか》な気持がした。しかしその鶴がつかつかとこちらへ歩いて来ると、餘りいい気持ではない。いつも人の出入りの多い庭にいるのであるから、人を恐れると云う事はない様に思われるが、又人に馴れると云う性質の鳥でもないらしい。どうかすると長い頸を前方に真直ぐに伸ばして、人を追っ掛けて来る事もある。追っ掛けた挙げ句に、追いついたらどうするつもりなのか解らないが、何人《だれ》でも一生懸命に逃げてしまう。春のお花見の時分などは方方の桜の木の下に毛氈を敷いて重箱の御馳走を開いていると、その人ごみの間を鶴がのしのしと歩き廻って、中のおかずや黒胡麻のついた小さなお結びを突っ突こうとする事がある。大抵の人は鶴には御馳走を分けてやる様であるが、そうして構っていると、どうかした機《はず》みで人を追っ掛け出すのである。春は鶴ものぼせているかも知れないし、又毎日毎日あんまり大勢の人が来て騒ぐので、いらだっていると云う事もあるかも知れない。満開の桜の下で、お花見が鶴に追っ掛けられて逃げ廻っていると云うのは、昔の後楽園の景色であって、今は万事八釜しくなっているから、第一そう云うお花見などと云う事はやらせないのではないかと思う。

鶴は人の目玉が好きであって、うっかりしていると眼をねらわれるから気をつけなければいかんと子供の時に教えられた。それで鶴が向うからやって来る時は、まともに向き合わぬ様に、すぐこちらで身をかわした。そう思って見ると、人の眼を見ている様にも思われる。しかし人を追っ掛ける時、追いついたら前へ廻って、目玉を抜こうとしているのだとは考えられない。又長年の間に鶴に目玉を取られた人の話も聞いた事がない。

鶴は人に馴れないけれど、うまい物を見せれば寄って来る。竹串に刺した吉備《きび》団子を一つ宛《ずつ》抜いて宙に投げてやると、鶴はそれを長い嘴で受け止める。そうして嚥《の》み込んだ団子が、長い咽喉を通って下りて行くのが、外からはっきり見えるので、面白がって、いくつでもやったが、その内に外の鶴が集まって来て、愚図愚図していると手許をねらって来そうなので、こわくなって止める事もある。

鶴は、見ても美しい鳥であるが、一番いいのは鳴き声であろうと思われる。特に私などは子供の時に鶴の声を聞いて大きくなった様に思われるので、今でも思い出すと聞いて見たい様な気がする。

亀には私は丸で親しみがない。子供の時川で銭亀《ぜにがめ》や石亀をつかまえた事はあるけれど、捕って見てもちっとも面白くなかった。何となく陰気な生き物の様に思われる。京都に何とか屋と云うすっぽん料理があって庭の池に鼈《すっぽん》が沢山甲羅をほしている。お客様が座敷に通ってその池を眺めている所へ、女中が来て、どの位のに致しましょうと聞くと、お客様が煙管《きせる》の先であれがいいだろうと指さす。今迄ぼんやり甲羅をほしていた鼈が、それを聞くと、どぶんと池の底にもぐってしまう。それで話が解らなくなるので、それではあれにしようと別の鼈を指さすと又それが水の底にもぐってしまうと云う話を聞いた事があるが、それでもお目出度い事はお目出度いのであろう。今迄にすっぽんの料理を食べたのは、結婚披露の吸物やソップに這入っていたのが一番多い。鶴も二三度食べた事はあるがうまかったとは思わない。しかしそれは味の解る程は当てがわれなかったので、ほんの御祝儀だけの御馳走であったから、そう思うのかも知れない。

初刷に拙稿をもとめられたので、お目出度い事がよかろうと考えたから、鶴と亀の事を記した。鶴亀の目出度い事は間違いないとして、しかしそれを重ねて云うと甚だお目出度くない用法にもなる。その方へ踏み外すと折角の思いつきが無駄になるから、目出度い内に擱筆する事にする。

河原鶸《ひわ》

雨の降っている晩に郊外の友人が来て、近所の森の外の道端に落ちていたのを御用聞の小僧が拾ったのだと云って、小鳥の雛をくれた。その友人は外へ廻る用事があるそうで、玄関からすぐに帰って行ったが、その後の土間の三和土《たたき》は、雨外套の裾から垂れた雫で洗った様になった。

小さなボール函に息抜きの穴をあけて、その中に雛を入れて来たが、函も湿っている。電気の下で蓋を取って見ると、薄汚い羽色の小さな鳥が飛び出した。羽根は生え揃っているらしいが、雨に打たれた為に、枝の上の自分の巣まで飛び上がって帰る事が出来なかったのであろうと思われた。腹がへっているだろうと思ったので、袋虫を千切ってやると、すぐに指から受け取って食べた。嘴を割って摺餌を食わせ、次に篦《へら》で差してやったが、忽《たちま》ちの内に馴れて、ちるっ、ちるっと啼きながら、そこいらを歩き廻っている内に、腹がへると、向うから餌をせがむ様になった。

初めは野鵐《しとど》の子かと思ったけれど、二三日して河原鶸《ひわ》であると云う事が解った。非常に人なつこくて、鳥籠はあてがっても大概一日じゅう茶の間を飛び廻り、羽根の力が加わるに従って鏡台の鏡の縁を伝ったり、簞笥の上に飛び上がったり、斜に引っ張った電燈のコードにとまったりした。

日がたつにつれて段段羽根の色もはっきりして、雄らしいと思っていると、もう時候も温くなったので灰に深く埋火をしてある茶の間の火鉢の鉄瓶の鉉《つる》にとまって、囀り出した。小さな足の裏に温もりが伝わって、いい気持なのであろうと思われた。

羽根が自由に利く様になってからは、そこいらじゅう勝手に飛び廻って、立ち働きしている家の者の肩にとまったり、頭に登ったりした。御飯を食べていると、襟の縁から前の方へ伝って来て、今盛んに動かしている箸の上にとまったりする。辛い物を食べさせると死んでしまうので、追っ払うと又襟元に帰って、そこで何かしていると思う内に、横から私の口髭の端を引っ張ったりした。

座敷の中を思う様に飛び廻るので、方方に小さな白い糞を落とす。小鳥の糞をきたないとは思わないけれど、糞の落ちた後がかたになるので困った。それはよごれるのではなく、反対にそこだけが綺麗になるのである。しかし畳でも茶簞笥の上でも、小鳥が糞を落とした所だけしみ抜きをされては矢っ張り見っともない。特に小鳥にはどれでも癖のあるものであって、飛んでいる内にとまる場所は大概きまっている。いないと思うといつでも休んでいるのは天井裏に近いコードの斜になった所である。そこで丁度御飯の時の餉台の真上になるので、上から糞が降って来ては困るから、そこのコードに煙草の銀紙を巻いてやったら、きらきら光るので無気味だと見えて、それから後はとまらなくなったが、お陰で茶の間が薄汚いカフェーの様になった。

雨の降る晩に私の家に来てから三月か四月の間毎日そんな事をして大きくなって行った。梅雨があけてから急に家の中が暑くなり、硝子《ガラス》戸や障子を開けひろげて、軒先に簾《す》垂《だ》れを釣った。お午頃《ひる》家の者が台所に出ていると、河原鶸は辺りに人がいなくなったのでその後を追って行ったらしい。一たん肩にとまったそうだが、勝手口にも簾垂れが釣るしてあって、それが風にゆれている為に、見馴れぬ物を見て驚いたのかも知れない。いきなりその方へ飛んで行ったが、簾垂れの面にぶつかってとまれなかったので、その儘横にそれて何処《どこ》かへ飛び去った。

家の者の声を聞いて私が行って見ると、河原鶸は勝手の外の露地の突き当りにある隣りの塀の上にとまっているらしい。もう一度驚かして、そこから向うに飛んで行くと、つかまえに行く事が出来ないと思ったから、成る可く静かに歩いて塀に近づいたが、向うでも私の姿を見てよろこんで、羽根を半開きにしてぴらぴらさした。丁度私の手の届く高さだったので、その儘手の平に握って帰って来たけれど、或は、私の持ち方が悪かったか、又向うでももう一度何か驚くことがあったのか、急に私の手の中をすり抜けて、今度は往来を越えて前の家の生垣に飛んでしまった。追っ掛ける暇もなく、そこから又斜に往来を越して、こちら側へ渡り私の家の隣りの大きな屋敷の前庭に飛んで繁みの中へ這入ってしまった。

大きな樹の高枝にいたと思うと雀であったり、下枝の葉が動いたからそうかと思うと風であったりして、到頭見失った。夕方近く迄近所の門を軒別にのぞいて歩いたけれども何にもならなかった。小鳥が自然に帰ったのはそれでいいのであるが、家の河原鶸の様に人に馴れ過ぎていると、地面を歩いていれば子供にでもつかまるし、又つかまる迄もなく、自分から間違えてよその家の茶の間へ這入って行くかも知れない。猫がいたらすぐに喰われてしまう。夜になると、何処に寝ているだろうと思った。翌くる日は夕方から雨が降り出したので、若しまだ生きていたら濡れているだろうと思ったり、私だけでなく家じゅう河原鶸の事を心配して沈んでしまった。もう二三年前の事であるが、ポール函に這入って私の家に来たのが丁度この頃の時候なので、今でも思い出して仕方がない。

尾長

私がよそから帰って来て家に近づき、ふと今日は尾長が鳴かないかなと思う事がある。私がそう思ったと思う瞬間に、向うの方の、八ツ手の葉っぱが往来に食《は》み出している私の家の辺りから、があがあと云う悲鳴に似た尾長の声が二声三声聞こえて来る。私が帰って来た事よりは、私が帰って来て、そこで尾長の事を考えたと云う事が、すぐに尾長に通じるのではないかと思う。

何か外の事を考えながら道を歩いていて、尾長はもとから鳴いていたのであるが、こちらで空耳《そらみみ》に聞いている内に、今迄意識閾《いしきいき》の向う側に聞こえていた声から尾長の事を思い出して不意に気持がはっきりし、その次に聞こえた声を初めて鳴いた様に思って不思議がっているのではないかと考えて見たが、その後二三度気をつけて実験した結果、そうでない事は明らかになった。

尾長は関東地方に沢山いる大ぶりの小鳥であって、鴉の一族の様に思われるが、飼い鳥としては、人によく馴れると云う以外に面白いところもない。籠から出すとそこいらを歩き廻ったり、人の足許について来たりするけれども、そう云う事はただ当座の慰みであって、永く飼っている内にはこちらで飽きてしまう。まだうぶ毛の生え揃わない雛の内から育てたのであるが、今年でもう八年目になる。

私が外から自動車で帰って来る事があると、車が表でとまった途端に、尾長はがあがあと騒ぎ始める。車を降りて玄関に這入ると、今度はきゅうきゅうと嬉しそうな声をする。しかし人にはそれが嬉しそうな声であるとは思われないかも知れない。私が帰って来たのでなくても、表に自動車がとまると尾長は啼き声を立てる。私と間違えるのであるか、だれか来たと云う事を知らせるのか、それは判然しない。

尾長と云う名前の通り尾が長い筈であるが、何度生えかけても自分で挘《むし》り取ってしまう。尾っぽだけでなく、身体の羽根でも何か気に入らぬと嘴で抜いてしまうらしい。又驚く様な事があると、羽根を抜くのであるが、それはどう云う料簡なのか私には解らない。二三年前の暮、引っ越しをした時には、自分の籠が動かされるだけでなく、まわりの箪笥や戸棚など生まれてから動いたのを見た事のない物が動いたので非常に興奮して、身体の毛を半分位抜いてしまった。

それっきり後が生えないので、半身は赤むけの裸であって、料理場にころがしてある鳥の様な恰好である。いつも玄関のすぐ隣りの板敷きにいるのであるが、そこは私が二階の書斎に上がって行く通り道なので、尾長は私の姿を見る度にお愛想をしようとするらしい。いきなり鳥籠の天井に近い辺りの格《こ》に飛びついて、翼をぴくぴくさせる。しかし翼は軸ばかりであって、羽根は生えていない。若しそう云う時に、私が何か声でも掛けてやると、俄かに興奮して籠の中を跳ね廻り、ぶつかった所で格《こ》に噛みついて、棒ばかりの翼をふるわせる。小さな全身が歓喜の為に痙攣しているのがよく解る。

　私は二階の上り下りに尾長の前を素通りする事が出来ない。私が二階に上がっている間、尾長は下で私の降りて来るのを待っている様に思われる。私が二階で机の前に起ち上がると尾長はもう待ち兼ねて、下でがあがあ騒ぐ。まだ起ち上がらなくても、紙を重ねるとか、本を閉じるとかする微かな気配も尾長には通じる様で、私が気がつく前に、もう下では騒いでいる。それが段段敏感になって来て、この頃では、私はまだ坐った儘でいて、机の上も座のまわりの物も何一つ動かさないのに、ただ私がもう下に降りようと、腹の中でそう思っただけで尾長は騒ぎ出すのである。それに気がつくと私はぞっとする事がある。どう云う事でそれが尾長に通じるのか、いくら考えても私には解らない。

漱石山房の夜の文鳥

漱石山房の木曜日の晩に小鳥の話が出た事がある。小鳥好きの鈴木三重吉さんがいたかも知れない。同座の末輩で小さくなっている私にも先生から話し掛けられた。どんな話であったかよく覚えていないが、それで小鳥が馴れるかとか、馴れなければつまらないだろうと云う様な事を云われた記憶がある。

私はその時から少し前に本郷駒込の曙町から小石川の高田老松町に引越して来た。曙町の家は新築の二階建で借家探しに歩いている内に偶然見つけて這入ったのであるが、最初の時玄関前の庭に立っていた脊の高い老婦人と話して貸して貰う事になった。後で聞くとその借家は森鷗外さんのお兄さんだか弟さんであったか、京都に住んでいる人の持ち家であって、庭に立っていた脊の高い老婦人は鷗外さんの御母堂だったそうである。

曙町の家賃は二十四円であったが、今度引越した高田老松町の借家は十七円であって前より狭くもない。そう云ういい家に移れたのは漱石山房の晩に同座の津田青楓さんから教わったのである。

引越しはその時分の事だから荷車で荷物を運んだが、その中の一台は小鳥籠を四十幾つ積み重ねて来たので、老松町の近所の人は小鳥屋が引越して来たかと思ったそうである。

学校は出たけれど未だ勤め先がきまらないと云う大事な時期に、小鳥ばかり飼っているのだから碌《ろく》な事はない。全くの阿呆の鳥飼いである。自然漱石先生の耳にも這入っていたに違いない。

しかし小鳥が馴れるか馴れないかと云う話は面白くない。本当は籠の小鳥はあんまり馴れてはいけないのである。なぜいけないかと云う講釈は大変だし、第一、私本人が鳥飼いの道の奥義を極めているわけでもないが、子供の時から祖母と一緒に小鳥を飼って来た経験と判断で、籠の中の小鳥は如何《いかが》ある可きかと云う見当はつく。余り馴れさしてはいけない。それから羽根の色の綺麗なのはじきに厭きる。巣引きと云って卵を産まして子供をふやす。ああなっては言語道断で鳥飼いの外道と言う外はない。

その席でそんな様な事をいくらか話したのだろうと思う。何しろ末席の後輩だから滔《とう》滔《とう》と弁じ立てる事は出来なかったに違いない。しかし私は文鳥を飼っていた。文鳥や十姉妹は小鳥の中ではだらしのない家畜の様なもので、飼って何の面白味もないものだが、そう思っていても阿呆の鳥飼いは小鳥屋の店先でどうかした機《はず》みについ買って来て仕舞う。一旦自分の家の籠に入れると結局その鳥の一生の面倒を見る様な事になる。その時は小鳥屋の追い込みの大きな籠の中に、まだ灰色をした小さな文鳥の雛が沢山いるのを見て、むらむらと欲しくなり、つい買って来た。じきに馴れて手に乗って遊ぶ様になった。

初めの内は、小鳥がそう云う風に馴れるのは私の手柄かと思っていたがそうではなく、沢山の雛の中に生れた時からすぐ人に馴れる性質《たち》の鳥がいるのであった。文鳥は名古屋が特に盛んで一時に沢山孵化さして東京やその他へ売り出すのである。その中にすぐ馴れて手に乗る雛がいるわけで、そう言うのを「手乗り文鳥」と呼んだ。駒鳥に「手振り駒」と云うのがあって、籠の前で手を振るとそれに応《こた》えて鳴くと云うので昔からの名称である。それに真似て手乗り文鳥と云う様な事を云い出したのだろうと思う。

私の手乗り文鳥は漱石山房のその話の当時は既に一人前の親鳥になっていた。馴れたのは自分の手柄ではないと云う事は、その当時はまだ考えていなかった様で、先生の前に小鳥は馴らす可きものではない。しかし私はよく馴れた文鳥を飼って居りますと披露した。馴らしてはいけないと云う様な事には誰も取り合わなかったが、馴れたのがいると云う方は興味があると見えて、どんな風かと先生から聞かれた。籠の戸を開けて置けば自分で出て来てそこいらを勝手に飛び廻って遊びます。そう云う時に何か文鳥のびっくりする様な物音がすると、ぱっと飛び立ってすぐに私の肩へ来ます。こわければ人間につかまっていれば大丈夫だと考えている様ですと話したが、先生を始め皆さん誰も信用しない。それではこの次の時その文鳥を連れて来ましょうと云ったら、鳥籠をさげて来るのかいと先生が聞いた。いえ、籠なぞいりません。籠から出して連れて来ますと云うと先生が怪訝《けげん》そうな顔をしたので内心得意になった。

漱石先生の「文鳥」が朝日新聞に載ったのは私の高等学校初年級の時分であった。貪る様にして何度でも読んだが、文章の事を別にして記述された中身から見ると、餌の粟《あわ》は文鳥には黍《きび》の方が本当であり、餌壺《えつぼ》や水猪口《みずちょこ》の置き場所もへんで、粒餌《つぶえ》の鳥を水籠《みずこ》に入れて如露の水を如露に一ぱいもぶっ掛けるなぞ随分乱暴な飼い方をせられたものだと思う。

次の木曜日の晩に私は家《うち》の文鳥を連れて行った。高田老松町から早稲田南町の先生の許《とこ》へ行くには、目白坂を降りて音羽の通から山吹町に出て矢来の坂を登った所から右に折れる。歩いて三十分位かかったかと思う。和服に袴を著けて行くのが普通であった。左の袂《たもと》に手を入れて、その指先に文鳥がとまっている。歩く度に手先が揺れるから、袂の中で文鳥はいつもよりは強く私の指につかまっていた。しかし別に不安がってはいない事が私には解った。袂の中の暗い所でいつ迄もゆらゆらして様子が違う事は感じたかも知れないけれど、何しろこの指にしっかりつかまっていれば間違いはないと思っているだろう。棲《とま》り木や木の小枝にとまるのと人の指にとまるのと、どっちが快適であるのかそれは知らないが、馴れた文鳥はその季節になると人の指にとまって発情する事があるらしい。指のぬくもりでそんな気持になるのだろうと思う。指の上で腹を低くして変な恰好をする。そんな時は雄だったら指にとまった儘高音《たかね》を張って囀り出す。

先生の前には已《すで》に二三人いた様だが誰であったかは記憶にない。先生に片手をついて挨拶をして、文鳥を連れてまいりましたと云った。袂から左手を出して文鳥をそこへ放った。絨毯の上に置いたのだが辺りの様子が違うものだから警戒してすぐに私の肩へ飛んで来た。絨毯に鈍い赤色の所があったから、いきなりそこへ出されて驚いたのかも知れない。私の肩でくつろいで羽づくろいを始めた。私も左手を窮屈にしていたので伸ばしてらくにした。

先生は不思議そうに見ていられた様だが何と云われたかは覚えていない。同座の人も何か云ったに違いないのだが、古い事だから覚えていないと云うよりは、私自身が文鳥に気を取られ気を遣って、人の云う事がよく耳に止まらなかったと云う気がする。その内に文鳥は辺りの気配に馴れて私の袖を伝って膝に降り、それからさっきびっくりした絨毯の上を不思議そうに歩き出した。絨毯の毛は文鳥の足の裏にあまりいい気持ではないに違いない。時時ぱっと飛び上がり、その序《ついで》にホップして先生の膝に近い所へ行ったりした。そうして絨毯の上に小さな糞をしたから私がちり紙で摘んで取った。

「文鳥」の時は洋燈《ランプ》であった様だが私の時分は電気になっていた。明かるい電燈の下で文鳥は面白そうにそこいらを嘴の先で突っ突いたり引っ張ったりして遊び出した。しかし鶯などの夜飼いは別として、又夜店の小鳥屋や見世物の山雀《やまがら》の芸当は仕方がないとして、一体に飼い鳥を夜まで起こしておくのは可哀想である。腹もへるに違いないから黍の粒を少し許《ばか》し紙にひねって持って来たのを出して食べさした。又コップに水を貰ってその中に私の小指を浸し、一分《いちぶ》許り伸ばしている爪の間に溜まった水を文鳥に飲ました。家にいる時でもそうするといくらでも水を飲む。もういいだろうと思っても、こちらが止めなければいつ迄でも飲んでいる。文鳥のお愛想なのかも知れない。文鳥に限らず、小鳥にはそう云うところがあるらしく思われる。何しろいつもやりつけている事だから私と文鳥のする事に何の滞りもない。先生の「文鳥」の中に三重吉さんが文鳥は馴れると指の先から餌を食べると云ったので、先生がやって見るのだが、「自分の指からじかに餌を食う抔《など》と云う事は無論なかった。折折機嫌のいい時は麺麭《パン》の粉などを人指し指の先へつけて竹の間から一寸出して見る事があるが文鳥は決して近づかない。少し無遠慮に突き込んで見ると、文鳥は指の太いのに驚いて白い翼を乱して籠の中を騒ぎ廻るのみであった。二三度試みた後、自分は気の毒になって、此の芸丈《だけ》は永久に断念して仕舞った。今の世にこんな事の出来るものが居るかどうだか甚だ疑わしい。恐らく古代の聖徒の仕事だろう。三重吉は嘘を吐いたに違ない」とある仕舞の方のところを思い出して、その席で先生に向かい、古代の聖徒でなくても、今の世の僕にも出来ますと云って自慢した。凡て先生が何と云ったかを記憶していないのは残念である。

帰る時は又指にとまらしてその手を袂の中に入れ、面目を施した気持で暗い目白新坂を登った。

雀

四年前の昭和二十年二月二十六日は月曜日の十三夜であった。当時は日本郵船の嘱託として、水曜日の外は毎日午後から出社していたが、その日は大雪の翌日にて省線電車が心許なく、行く事は行かれても夕方の帰りが心配だから出かけるのを見合わせた。昨日の雪は二十二日よりも、もっと積もった様である。二十二日の雪が東京にては四十年振りの大雪であったと云う話なり。

昨日の空襲の来襲機は、午後のB29は百三十機にして、宮内省の外に大宮御所にも被害あり。神田の目抜き一帯は焦土となり、浅草の観音様、上野の広小路附近、京橋その他の方方も焼けた由なり。夕方の空を覆いし赤黒い煙は矢張り神田の大火であった。午前の艦載機は六百機なり。市内では大した被害はなかったらし。

昨宵九時過ぎの警戒警報に続いて、夜半零時四十五分また警戒警報出ず。爆弾落下の地響きが五六回続け様に伝わって、枕許の雨戸を外からどすんどすんと揺すぶった。午前一時十五分解除。昼間の大空襲のこわかったのはもとより、夜の一機ずつの来襲にも続けてそんな事があるので、一時大分気が落ちついていたのに又新しくこわくなった。家内もそう云うし、これからは就床後の一機の来襲にも寝た儘ですまさないで、一一起きて身支度をしようかと考え出した。

朝七時二十五分警戒警報。すわや艦載機の来襲なりと思い、すぐに空襲警報になるものと心得て、まだ眠いのに起きて身支度をした。ところがラジオの放送は、洋上の機動部隊の行動から判断して、艦載機の来襲に備える為に警報を発した迄だと云える由なり。何事もなく、八時二十五分解除となる。

今朝も焚くお米無く、薄いお粥ばかりなり。最後の一椀を食べかけた時、玄関で何か音がした。こないだも晩に泥坊猫が這入って駒鳥の飼桶《こおけ》にかかり、飼桶の障子を破った事がある。猫ではないかと家内が起って行ったら、雀が二羽いると云った。雀はさっきも玄関の硝子戸を開けていた時這入って、鶸《ひわ》のこぼしたまき餌を拾っていたが、今は硝子戸がしまっている。勿論猫も這入る事は出来ない。雀がどこから来たか解らないが、事によると玄関の土間のたたきに続いた水抜きの穴から這い込んだかも知れない。大雪の為に外の餌が拾えないから、腹がへっているのだろう。人の影を見て、あわてて飛び立ち、硝子戸の明かり先を上へ上へとばたばた伝わっているけれども、上の方から出て行く隙間はない。驚倒した雀に、気を落ちつけてどこから這入って来たかを思い返し、土間へ下りて、羽根をすぼめて、水抜きの穴から脱出すると云う様な分別が起こるわけもない。閉め切った玄関の中を追い廻して二羽とも捕えた。羽根を散らして胸をどきどきさせているのを空いた鳥籠に入れた。晩にはひねって焼いて食べようと考えた。可哀想だが、この頃の様にこんなに食べる物が無くなっては、先ず仕方がなかろうと思った。しかしそれならば後で籠から出して殺すより、ばたばたしているのをつかまえた時に、序《ついで》にひねっておけばよかった。雀に取っても、その方がよかったと思ったりした。

座に帰ってもう一度お膳に坐り、大分さめたお粥を啜った。どうも急に憂鬱になった様である。何となくそこいらが面白くない。じっとしていると、どこかが泣き出したい様な所がある。お椀の底に残った冷たいお粥をすすったら、ふっと涙がこぼれそうになった。どうしたのだろうと考えて見ると、雀を殺して食うと云うのが気になるのである。決してそんな殺生はしないとは云わないけれど、もっと食べる物に困れば或は雀を捕えて食うかも知れないが、それはその時の事として、兎に角今日はよそう、逃がしてやろうと考えた。家内にそう云って、玄関の戸口から表へ飛ばしてやった。二羽が後先になって、向うの家の雪の積もった屋根を越して行ったと家内が云った。それで気分が軽くなった。

午後家内は近所へ米借りに出かけ、三軒目でやっと一升借りて来た。晦日の二十八日になればよその配給を借りられる当てあり。それを借りて家の来月五日の配給までをつなぐとして、今日のこの一升で二十八日までの六日を過ごすなり。お粥はいよいよ薄くなる可し。家内も近所で借りられる所を借りつくした挙げ句なので今日また借りて来るのは余程困った様である。それで空しく二三軒歩き回ったらし。食べる物に窮すれば、水抜きの小さな穴から這い込んだ雀と大して違った所もないと後で考えた。

午後二時五分、警報が鳴っていると思ったら、すぐに止んだ。気の所為《せい》かと思ったが、三時半また警報にて、今度は方方で鳴り出し、又吹鳴が長く続いたのでそうかと思うと、それは機械の故障の為に間違って鳴り出したのだとラジオで取り消した。昨日の空襲の為にそんな事も起こるのだそうである。夕七時十分、丁度借りて来たお米で御飯を終った所へ警戒警報が鳴り出した。今度は本当である。どこか遠くの方で高射砲の音が一二度しただけで無事にすんだ。七時三十五分解除。

今日は二二六事件の当日なり。雪の聯想も当時に似たり。

午後十一時五十分又警戒警報、午前零時五十分解除。

目白落鳥

1

昭和二十二年七月三十一日は早朝雨過ぎ、後半晴となり、風ありて暑し。午後三十二度。二年前の空襲の夜、焼け出されて火燄《かえん》に追われた時、飼桶《こおけ》の中のいつもの鳥籠から移した袖籠を片手に抱えて、一緒に連れて逃げた目白が、鳥屋《とや》で少し元気がない。

2

八月十一日。快晴。暑し。午後三十四度半。目白の鳥屋の上がりが悪い。次第に弱って来る様なり。摺り餌に色色苦心を加えているが験《しるし》が見えない。この二三日来は蒸し暑い小屋の中で目白の籠ばかり見詰めている。或は落鳥するのではないかと案ぜられるなり。連日の暑さは先月二十日の土用の入り以前から続いているので已《すで》に三週間を越している。目白の小さな身体にこたえるだろうと思う。

3

八月十二日。快晴。暑し。午後三十四度。夜十時半、三十度が一寸切れて少し涼しくなる。目白は今日午後、余り暑いので特に籠の中に入れておいた水猪口に落ち、もう死ぬものと思ったので手の平に抱いていてやったらその内に又少しずつ元気になり、夜は大分しっかりして来た。

4

八月十三日。快晴。暑し。三十四度。目白は助かるか、否か。欲目も手伝いて勝負不明の所なり。

5

八月十五日。快晴。暑し。午後三十四度。目白の容態いよいよ重く、夜中棲《とま》り木《ぎ》から落ちる物音で何度も起きてやらなければならなかった。今朝からは家内と交替にて、手の平に抱いている。その為一日じゅう身のまわりの用事がしにくい。御飯の時、お茶漬は片手がふさがっているから、茶椀をおいたまま、口を近づけて匙でかき込む始末なり。夕方になって、もう駄目かと思ったが、まだ生きている。

6

八月十七日。晴。日中三十二度強。暑けれども連日の大暑にくらぶれば、昨日あたりから心持ち凌ぎよし。暑気あたりにて少しく発熱し又腹工合も良からず。目白ついに落鳥す。先月三十一日以来、心配しつづけた挙げ句にて、特にこの二三日は家内と交り番子に手の平に抱きつづけ、夜も家内の手の平に抱いたまま寝る程気を遣った。今朝からいよいよ元気なく、顔がきたなくなった様だと云っていたら、到頭私の手の中で死んだ。小さな頭を指先で撫でてやり、いつ迄も涙止まらず。今日は十七日也。メタボリンの筒に入れて水晶仏の前に置いた。夕稲光り走りて風起こり、急に涼しくなった。

〔拙著「新方丈記」ヨリ抄録ス〕

7

右の目白は空襲の前年即ち十九年夏の土用の明ける時分に、近所の男の子が町内の土手の草の中から拾って来た鳥である。

まだ小さな雛で目はあいていたが羽根もよく生え揃わず嘴には黄色が残っていて柔かであった。何番子の遅い巣の中であんまり暑いから這い出したのが、羽根は利かず歩く事も出来ず、枝の巣から落ちたなりで干からびるところを拾われたのである。

拾って来た男の子が玩具《おもちゃ》にしていたらしいが、どうして育てたらいいのか解らないから私の家へ持って来た。野鳥の雛を育てた経験もあるし、特に目白の子の差し上げは度度やったのでその土手の雛を育てて見る事にした。

拾って来てから半日ぐらいは経っている様で大分弱っていたから、うまく育てられるかどうか心配であったが段段に差してやる摺り餌を食べる様になって、その内にきれいな糞をした。翌くる日はもう大丈夫と云う自信がついた。

それが大きくなって一人前の小鳥になったのである。焼け出されてから当時の小屋に雨露を凌いで、その間目白はいつも机の傍の、私から二尺と離れない所にいた。小屋の中が狭いから、何でも置き場所をきめたら変えるのは容易でない。それでいつも同じ所にいる。訪ねて来る人の中には目白が狭い籠の中で飛んでいるのを見て可哀想だと考える動物愛護家もいた様である。小屋は畳二畳の上に私と家内とが住み、座のまわりに一ぱい色色の物を列《なら》べたり積み重ねたりしている。目白は尺の籠に住んでいるのだから私共より狭いと云う事はない。籠の中には餌猪口の外になんにも置いてないから辺りが片附いて広広としている。私共はその狭苦しい小屋の中に目白の籠を置いているのだが、目白の籠の中へ私共は這入って行かないからその点でも目白の方が歩がいい。

毎日餌の出し入れの時、籠の戸口を開け放しておいても決して出て来ない。目白には籠の外は物騒なのである。自分で籠の外へ飛び出し、又窓から外へ飛び立って行けるものなら、空襲の夜は焔《ほのお》へ這入る危険があったにしても、私共も目白も無事に夜が明けた土手の朝は目白を外に放して自然界へ帰らせるのが一番よかったのだが、丸で外を知らない差し子にはそれは出来ない。捨てるつもりで無理に籠から追い出したら、生存競争の烈《はげ》しい鳥の仲間で忽ち落伍して半日も生きていられないだろう。目白に恩にきせるのではないが、それが出来ないから何処《どこ》までも連れて逃げたのである。

狭い小屋の中で、目白と三人暮らしと云う様な明け暮れが続くから、自然にお互の気持が通じる様である。こちらから目白に向かって何か云う場合、勿論言葉が解る筈はないが、しかし反応する。家内がどこかへ行った後、机の前で何かしていると目白はその傍で頻りに囀っている。その内に私が起ち上がって小屋の裏側の後架へでも出て行くと、目白はその気配を見て急に身体を細くし籠の中で落ちつかなくなる。私が小屋のうしろにいる間じゅう、ちいちいと鋭い声で鳴き立てる。目白の仲間を呼ぶ時の鳴き声であって、結局人を自分の仲間だと考えている証拠である。

しみ抜き

一

先年博多の新聞から頼まれて、七八十回の連載随筆を書いた時、東京の支局勤めの婦人記者が私の係になって、しょっちゅうその原稿を取りに私の家に来た。

彼女はまだ若い。小石川茗荷谷《みょうがだに》のアパートに御主人と住んでいると云う。二人共お勤めに出ているので、昼間はその部屋は締め切ってある。四階だそうで出窓があって、その手すりにいつも近所の雀が集まって来て遊ぶから、洗い流しの御飯粒や麺麭《パン》の屑などを撒いておいてやる。お休みの日に、部屋の中に人がいても雀はこわがらない。餌をやる手もとにまつわる様にして集まって来るそうである。

私は小鳥が好きなので、雀の話を面白く聞いた。仕事は三ヶ月近く続いたが、筆は遅く、始末は悪いので、書き溜めて纏めて渡すなどと云う事は出来ない。いつもぎりぎりの原稿を彼女に渡す。それを航空便で博多の本社へ送るので、もし天候の都合などで飛行機が飛ばない、欠航すると云う様な事になったら、新聞の紙面に穴があく事になるので、その度にひやひやしながら、しかしその心配を取り除くだけの余裕をつくる事は到頭出来ず仕舞で終った。従って彼女が私の所へ足を運ぶ度数もそれだけ多くなり、随分手間を掛けたが、顔を見れば窓の雀の消息を尋ねるのが楽しみであった。

それからすでに何年か過ぎたが、今度はまた別の件で彼女が私の所に現われた。矢張り同じ新聞の用事なのだが久闊と同時に私は先ずその後の雀の様子を聞いて見た。

彼女の返事は私の予期とは違う。

部屋が四階なので、その下に大勢の人が居り、家族が住んでいる。その人達から窓の雀の事で抗議を受けた。あなたの所であまり雀を可愛がるものだから、雀が無闇に集まって来て、ところ構わずぴッぴッ糞《ふん》をする。お蔭で折角きれいに洗って干した洗濯物に点点としみがついて、そこの所がかたになって取れない。迷惑するから雀を呼び寄せる様な事は止めて下さい。

そんな文句が出ましたので、雀に餌をやる事はよしました。しかし雀は矢張り集まって来て、出窓の手すりで遊んでいます、と彼女が云った。

「それは話が違う」と私が云った。「下の人達の文句は逆です。雀の糞《ふん》の引っ掛かった所がよごれて、しみになるのではなく、そこの所だけが小鳥の糞《ふん》の漂白作用で綺麗になるのです。洗濯してもよく洗えていないから、きれいになった所が目立つので、文句を云う人にもっとよくお洗いなさいと云ってやればいいでしょう。鶯の糞《ふん》を糠袋に入れて顔を洗うと云う位よく落ちるのです。雀が抗議を受ける筋はありません」

二

それは私自身の経験で知っている事なので、仮定の理窟を云ったのではない。

市ヶ谷合羽坂にいた当時の或る日、荻窪の善福寺の近くの多田君が小さなボール箱に小鳥の子を入れて持って来た。森の陰になった道ばたにこの小鳥の子が落ちていました。樹の枝の自分の巣から飛び出したけれど、まだうまく飛べないのでその儘道ばたへ落ちたのでしょう。もとの巣へ帰る力がないので、落ちた場所にじっとしているところへ僕が通り掛かったのです。ほっておけば犬や猫に食われてしまう。可哀想だから拾って連れて来ました。先生の所ならどうかしてやれるだろうと思ったものですから。

箱から出して見ると、河原鶸《かわらひわ》の子である。もう大分弱っているけれど、何とかして助けてやろうと思って、一生懸命に手当てをした。いろいろ小鳥を飼っていたので、栄養になる虫がすぐに間に合う。嘴を割って蜂の子を口に入れてやり、柔らかい擂り餌を篦《へら》の先で食べさした。暫らく経ってから、ちゃんとした糞《ふん》をしたので、もう大丈夫と安心した。指にとまらして蝦蔓虫《えびづるむし》を千切ってやったり、摺り餌をさしてやったりして、その一日ですっかり元気になった。

それから日に日に育って、そこいらを勝手に飛び廻った。鳥籠へ入れる必要はないが、しかし自分で摺り餌を食べるには、きまった場所に餌猪口《えぢょこ》がなければいけない。その為に矢張り鳥籠を一つ彼の部屋としてきめてやった。

いい工合に雄だったので、その内に可愛い声で囀り始めた。鳥籠は餌猪口を入れておくだけの為なので、大概彼は籠の外で遊び、座敷の中の方方勝手な所へとまって鳴いている。茶の間のお膳に私が坐っていると、肩にとまって、襟を伝って、その時分私は口髭を生やしていたので、彼は横から口髭の毛を一本ずつ引っ張る。くすぐったいから手ではねのけると、肩から袖に降りて来て、今動かしている、お箸の頭にとまったりする。絶えずチュルッ、チュルッと地鳴きをしながら、羽根をひらひらさせたり、尾の先を振ったりして、何だか非常に愉快そうで可愛い。

その河原鶸《かわらひわ》の子で、小鳥の糞のしみ抜きをいやと云う程経験した。畳の上でもお膳の上でも彼は遠慮なく糞《ふん》をする。きたないとは思わないが目ざわりだから、後から後から拭き取る。その後が白く斑点になって残る。よごれた畳のその部分だけが綺麗になったので、彼がそこをよごしたのではない。

すっかり育って、おとなになって、彼は茶の間や書斎の中を自分の領分の様に遊び廻っていた。夏の或る日の夕方近く、茶の間からお勝手に出ていた彼が、開けひろげた出入口の庇《ひさし》に釣るした簾の裏側へ飛んで行って、簀《す》の目に足を掛けた。とまった拍子に風が吹いて来て、簾が揺れたので驚いたらしく、その儘横へ飛び立って外の物干しの方へ行った。丁度私がそこに居合わせたのですぐに出て行って連れて来ようとすると、彼は一たん隣りの境の屏に上がったが、私が手を伸ばして手の中につかまえた。ひどく驚いている様で、小さな胸をどきどきさせている。餘り強く握らない様に気を遣ってその手をゆるめた途端、今度は私の手の中から飛び出して、往来を越した向うのお屋敷の生け垣の中へ這入った。

繁った木の葉の間を探している内に、又そこから飛び出してもう一度往来を越し、こっち側の私の家から二三軒先にある大きな屋敷の門の中へ飛び込んだ。追っ掛けて行ったが、玄関前に枝の重なった大きな樹があって、もうどこにいるかわからなくなってしまった。

あんなに人に馴れているから、馴れていると云うより全然人の手で育った小鳥だから、よその家へ飛んで行ってもこわい事を知らずに縁側でも座敷へでも平気で這入って行くだろう。その家に猫がいたら、すぐとられてしまう。

心配で可哀想で、その晩は眠れない思いをした。

後になってこの事を一篇の文章に綴り、「河原鶸」と題して私の単行本に収録しておいた。

放送局がそれを取り上げ、朗読で放送したいが、いいかと云って来た。

一二の註文をつけて、よろしいと云う事にした。しかし放送局にはまた別の趣向があって、その朗読の合い間合い間に宮城道雄の伴奏を入れたいと云う。その為の新らしい作曲を宮城先生に依頼する。そう云う風に扱っても異存はないかと打ち合わせて来た。

構わない、お任せすると返事したが、そう云う文章に琴の伴奏がどんな工合につけられるものか、見当がつかなかったけれど、宮城さんがいい様にしてくれるだろうと思って口を出さなかった。

結果は大変良かった様だが、その事に関聯して今でも記憶に引っ掛かっている事がある。

四

その河原鶸《かわらひわ》の時よりまだずっと以前の、宮城さんが若かった時、有楽町の今の毎日新聞旧館の前に報知新聞社があって、何階建だったか、はっきりしないが、その一番上に報知講堂があった。よく音楽会が開かれるので何度も聴きに行った。

或る晩その報知講堂で宮城道雄新作発表演奏会が開かれた。新作発表の何回目であったか覚えていないが、その当時宮城さんは或る期間をおいて、それ迄に出来た新作の発表会を催し、その度に彼の名声は上がるばかりであった。

当夜も聴衆は堂に溢れる盛況であったが、番組が進んで琴何面かの合奏の時、曲名は忘れたが、拍子が揃ってシャッ、シャッ、シャッと切れる、その切れ目をうまく捕らえて、突然聴衆席の真中あたりから、

「月並《つきなみ》イ」と大きな声でどなった者がある。

その半畳《はんじょう》で演奏が妨げられたと云う様な事はなく、無事に済む事は済んだけれど、一心に聞き入っていた私などはその妨害に非常に憤慨した。

席から立って楽屋へ行って見ると、そこいらにいる者がみんな憤慨して何となく殺気立った気配である。頻りに出たり這入ったりしていると思ったら、だれかが聴衆席の中

から、そのどなった男を連れ出して来た様である。

あまり大男ではない。和服を著ている。引っ張られたか、小突かれたかしたのか、胸がはだかっている。酒気を帯びている様で、ぷんぷんお酒のにおいがした。

舞台の袖のところでみんなに取り巻かれて何か云っているが、何と云っているのかよく解らなかった。当時の報知新聞副社長だった太田正孝博士がそこにいて、その男を叱っていた様である。古い記憶の底に残った太田博士はモーニングコートを著ていた様に思われる。

一しきりがやがやした挙げ句、その酒くさいおやじは、そこに起っていた中のだれかに会場の外へ摘まみ出された様であって、それでその騒ぎはおさまり、又ベルが鳴って次の演奏が始まった。

その後になって、今のおやじは川柳の阪井久良岐さんだと云う事がわかった。阪井久良岐さんは宮城の大のファンだそうで、だから聴きに来たのだろう。「月並《つきなみ》」とやっつけたのも根拠がないわけではない。琴の様な絃楽器ばかりを列べて合奏すると、拍子の切れ目に作者の癖が顔を出し易い。宮城の贔屓《ひいき》で宮城の物を沢山聴き馴れていれば、新作だと云うのに、またかと思う節もあるだろう。お酒が廻っていれば、なお更である。

久良岐さんのお家は私の主治医の所に近く、時時その前を通ったので、昔の「月並」

事件を思い出したが、報知講堂以外に一度もお会いした事はない。

その久良岐さんが、さっきの「河原鶸《かわらひわ》」の放送でまた琴線に触れるものがあったらしい。

　朗読に宮城道雄は搔き鳴らし　久良岐

何に出たのか、どこで発表されたのか知らないけれど、随分前から私はその川柳を聞いていた。ところが久良岐さんは後にその句を懸け軸に表装して、宮城に贈ったと云う。

その話を私は宮城さんから生前に聞いた事がある。しかしまだ見た事はない。今でも宮城家にあるだろう。折を見て、ねだって貰ってしまおうかとも思う。

泣き虫

先夜、秋のひよどり会へ出掛けた。

ひよどり会は春と秋と、年二回ある。

春は八十八夜の前後と云う見当でその日をきめる。

今年は四月二十九日の天長節の晩であった。

その時の打ち合せで、秋の会は来年の立春になる前の八十八日頃にしようと云う事になった。

立春から八十八日過ぎたのが八十八夜、その立春に到る迄の八十八日前の日は暦の上に名前はないが、その見当で日をトする事にした。

その秋の会が湯島聖堂の中の御馳走の出る部屋で開かれた。

ひよどり会の事は少し前本誌に書いたが、昔私が学生航空の餓鬼大将となり、法政大学航空研究会の会長として毎週日曜日に当時の軍用飛行場だった立川飛行場へ出掛けて学生の飛行練習に立ち合い、彼等を監督した。

私は勿論飛行を教える事は出来ない。教官は別にいる。しかし何分危険を伴ない易い演練であるから、第一に規律を厳重にする事が必要であって、或は起こるかも知れない事故を避ける為には、学生達を勝手に、ばらばらに振舞わせてはいけない。

それで私は飛行練習のある度に出掛けた。もう三十年も前の話であるが、その時の学生達が社会へ出て立派になっている。近年になって彼等が昔を思い出し、みんなで集まって私を構ってくれるのである。

その立川の飛行練習の時、私はいつも大きなブリキ缶に入れた握り飯を持って行った。握り飯には味がつけてある。揚げの煮附けを刻んだのや、醬油を沁ませたかつぶし等。彼等はそれを猫めし、狐めしなどと呼んだ。一つずつが大変大きく、片手の手のひらから食み出す程であった。

その握り飯で、飛行場を馳《か》け廻っている彼等のすき腹をなだめ、飛行場の周辺にある飲食店などへ立ち寄らない様にした。

握り飯は、当日は朝早く私が出掛けるので、家内は夜半から起き出し、御飯を焚いて用意に掛かる。家中《うちじゅう》大変だった事は事実だが、その時はそれ程にも思わなかった。この頃になって、その飛行場の握り飯をぱくついた紳士達が、当時を思い出し、ひよどり会には私と一緒にいつも家内をよんでくれる。三十年前の夜半の握り飯がそこに坐っていると云う趣向なのだろう。

私の家は無人《ぶにん》なので、こうして家内と二人で出掛けると、留守番は女中一人になる。しかし、ひよどり会はそう遅くはならない。その晩も同席した一人に送られて、まだ方方の店が開いている明かるい町を、家内と一緒に帰って来た。

家の門を入り、玄関の踏み石に起って、ベルを押した。

留守番の女中が出て来て玄関を開けてくれた。

それまで何とも思っていなかったが、こう云う時いつでも、女中の足もとについて玄関に出て来る、或はその片腕に抱かれて私共を出迎えたクルがいない。玄関の土間に入ってその事を更めて思った時の物足りなさ、淋しさ。

もう大分日も経っているので、今夜は外へ出ている間、いい工合に一度もクルの事を考えなかった。それが家に帰った途端に駄目になってしまった。

上に上がって、洋服を脱いで、いつもクルのいた新座敷にくつろいでからは、すっかりクルの事に引っ掛かり、暑かったあの時の尾を引いている同じ味の涙が止まらなくなった。

クルや、お利口に待っていたのか、クルやお前か、と云うと人の顔を見上げて、その場で畳の上にどたりと寝る。あのクルがいない。

先月号の本誌に寄せた「クルや、お前か」以来、書きにくい事を書いた後の気持で、成る可くクルの事には後戻りしない様に心掛けた。そもそも私は猫好きと云う一般の部類には這入らないだろうと思う。猫を貰って来たり、外国種の猫を買ったり、道楽に猫を飼う興味はない。クルはその前のノラがいなくなって可哀想で泣きながら探しているところへ、自分で私の家に這入って来たのであり、ノラだって隣りの家の縁の下で生まれた野良猫の子が、私の所の水甕に落ちたり、小さな子猫の時、風を引いて弱っていたり、そんな事で可哀想になって、家に入れて育てた迄の事である。猫が好きで、好き好んで飼ったのではない。

ノラとクルと、二匹続いて、すでにへとへとであり、こちらが命からがらの状態である。いつぞや或る会の席上、同座した人の話に、自分の家の庭には少くとも五百匹の猫が葬ってあると云うのを聞いて不思議な気がした。今度のクルはうちで死んだのだから、どこへも探しに行く事はないが、ノラは随分方方を探し廻った。家内がその心当りで訪ねた家に、現に二十何匹の猫がいたと云うのを聞いて、私には合点が行かなかった。人人《にんにん》その好むところに従って、いろいろの飼い方があるだろう。私はたった一匹ずつの猫でこんなにひどい目に遭う。そうしてその後を引いていつ迄も忘れられない。猫は人を悲しませる為に人生に割り込んでいるのかと思う。

しかし私の場合、元をただせば生来私が泣き虫であるのがいけないかも知れない。

古い話で、幾つ位の時であったか、はっきりしないが、まだ十にはならない、或はもっと小さかったかも知れない。家が造り酒屋だったので、酒造米をとる田地があった。

そこの小作人に祖母が頼んでおいたのだろう。或る日、雲雀《ひばり》の巣を持って来てくれた。

祖母は小鳥が好きで、いつも駒鳥《こま》を飼っていたし、大分いい鶯を取り寄せて、その飼《こ》桶《おけ》を箪笥の上に置いていた事もある。雲雀の子を差し上げで育てて見ようと思い立ったのだろう。小作人が持って来た雲雀の巣を中庭に面した日当りのいい縁側に置き、巣の中で黄ろい嘴《くちばし》を一ぱいに大きく開けてぴいぴい餌をせがんでいる雲雀の子に、篦《へら》で摺餌を差してやった。巣の中に雲雀の子は二匹しかいなかった。

雲雀の子は初めて見たが、まだ羽根が生え揃っていない。頭のてっぺんに細い妻楊枝の様な小さな棒がぴんと突っ立って、先に毛がついている。その頭を振り立ててぴいぴい餌をせがむ。非常に可愛くて、巣のそばを離れず、つきっきりで雲雀の子を見ていた。

ところが雲雀の子は、一日しか生きていなかった。その翌くる日になると、二匹とも元気がなくなり、祖母が心配している内に、先ずその中の一つが死んだ。

雲雀の子が死んだのを見て、急に悲しくなり、子供心にも非常に深刻な気持になって、心の底から泣き出した。

その時の悲哀を今でも微かに思い出す様である。子供が泣くのは普通で、取り立てて云う程の事はないが、外の場合に何でもなく泣き出したのと違い、悲しくて悲しくて、小さな雲雀の子が死んだと云うだけの事が、子供心のもっと奥の何かにさわった様である。祖母や大人達が私を持てあましている内に、もう一匹の子も死んでしまった。

泣き虫の源は遠い様である。今クルの為に抑え切れないでいる涙は、昔昔、雲雀の子に流した涙と同じ所から出ている様な気がする。

うぐいす

一

私は今、本格の鶯を飼っている。

本格と云うのは、藪鶯《やぶうぐいす》でないと云う意味である。

「附け子」と云って、まだ啼き出さない雛を啼き口の正しい親鶯に附けて、その啼き方を覚えさせる。

啼き方の伝統は地域によって違う。今の東京に伝わっているのは「文字口《もじぐち》」と云い、仙台から東北にかけての筋と、名古屋を中心とした筋と、大阪及び西の方、九州はその中に這入るのか、別の筋が伝わっているのか、よく知らない。

附け子の鶯を飼うのは、これで二度目である。それよりまだ前、私の子供の時に祖母が飼っていたのは覚えているが、座敷の簞笥の上に小さな障子の嵌まった飼桶《こおけ》が置いてあった記憶が残っているだけで、どんな声で、どんな節で啼いたかは、あまり小さな時の事だからわからない。

祖母が小鳥が好きだったので、それを見習い、私もずっと小鳥を飼い続けて、大体途切らした事はない。しかし、去年赤ひげと宮崎目白が落鳥した後は、暫らく籠が空いた儘であった。

今年の春になってから、鶯を飼って見ようかと思い立った。

本格の附け子の鶯を飼うには、はっきりとそのつもりにならなければならない。

しかし私はそれ程鶯の事に通じているわけではないので、いい鳥を手に入れる手続き、段取りを友人の豆絞《まめしぼり》君にお願いし、彼を煩わして私の思いを遂げようと思う。

一体、本格の、本当の鶯の啼き口を知っているのかと聞かれると、少少忸怩《じくじ》たるものがある。

聴いた事がないわけではない。昭和になってから何年頃であったか、年代がはっきりしないが、まだ世の中がその何年か後の様に窮屈でなかった時、日暮里の渡辺町に銘鶯会が催されて、その時の記事は私の旧稿に纏めてある筈だが、一回だけでなく、二度か三度か出掛けた覚えがある。

成る程これが本当の文字口なのかと聴き惚れる様な啼きを聴かして貰った。だから、本格文字口の鶯の啼き口を丸で知らないわけでもない。

九州の方の啼き方はどんな系統なのか、この話の前段で述べた通り、よく知らないが、去年の春、宮崎駅の駅長室の棚の上に置いた飼桶《こおけ》の中から、びっくりする程立派な啼きの鶯の声をラジオで放送した。日向の宮崎目白、そうしてこの鶯、あちらの小鳥はいいらしい。先年私が宮崎へ出掛けた時の帰り、朝早い汽車で立つ為に駅へ行ったら、ホームの境の木の枝で素晴らしい目白が鳴いていたのを思い出す。

二

谷崎潤一郎さんの「春琴抄」に鶯が出て来る。

久保田万太郎さんの脚色と云うのか、演出と云うのか、よく知らないが、そう云う事で「春琴抄」が芝居になった。

劇中の鶯に関聯して、米川文子さんが自作自演の「春鶯囀」の琴を弾く。

その時、小道具が吹く鶯笛《うぐいすぶえ》の節を指導してくれと私が頼まれた。

丸で見当がつかないわけではないが、本職の、冗談ではない小道具諸君を指導するなど、私の任にあらずと思ったけれど、その場合外に心当りもなかった様なので、お引き受けした。

しかし、私があやふやながら知っているのは、東京の文字口の啼き口である。春琴抄に出て来る鶯は文字口でない事だけは確かであろう。しかしあちらの系統の啼き方は、特に作中、銘鶯となっている啼き口はどんな節なのか、私は知らないし、見当もつかない。止むを得ないから、ただ何かの根拠に立ち、出鱈目でないと云うだけの為に、小道具諸君に文字口の啼き方で鶯笛の節の指導した。

それが諸君は中中呑み込めなかった様で、私の云う事が納得しにくかった様である。手っ取り早く、ホウホケキョと片附けたがる。それでは藪です、もっと、もっと間《ま》を延ばさなければいけない。ホホホホ、ホウホケケコウ。まだその後に余韻を残して、後を引かなければいけない。そうして「谷渡り」へ移る気合いが肝心なのです。

知った様な事を云っても、指導する先生の私の方が余り確かではない。いよいよとなって、上演された時、鶯笛を聞くのはつらかった。間《ま》の延び工合など丸でなって居らず、聞いている人は鶯とは思わなかったに違いない。

三

私が附け子の文字口を飼うのは今度が二度目と云ったその一回目は昭和十年の前後である。

何年であったか、年代ははっきりしないが、当時本郷湯島に今村久兵衛と云う格式を誇った小鳥屋があって、「鏡ヶ浦」と云う銘の鶯を飼っていた。雛に啼き口を教える附け親として有名だった様で、後に落鳥した時、暫らくの間あの鶯は死にましたと云う事を人に云わなかったとかで、つまり「鏡ヶ浦」の喪を秘したと云う噂が立った様である。

「鏡ヶ浦」の噂と私の話とに関係はないが、初めて附け子の鶯を育てて見ようと思い立ち、今村の店へ行った。幸い筋がいいと思われる雛がいると云うので、それを買った。一羽三十五円。昭和十年頃の三十五円はおろそかなお金ではない。

雛は独り立ちにはなっているけれどまだ小さい。時候はこれから夏に向かうところである。牛込市ヶ谷の合羽坂にいた当時で、狭い家の中は一日一日と暑くなった。小さな鶯の雛が暑さに負けない様に、非常に気を遣った。飼桶《こおけ》の上に亜鉛《トタン》の水鉢を載せ、氷片を入れて飼桶の中がいくらかでも涼しくなる様にしてやった。

鶯の雛を私に売った今村久兵衛さんは、秋になる迄に二三度、合羽坂の私の家まで雛の育ち工合を見に来てくれた。

そうして無事に暑い夏を越し、いよいよ初音の聞ける秋になった。

飼桶の障子の中で、何か小さな声でグジグジ云っていると思ったら、可愛い声で、要領を得ない節で啼き出した。

その最初の一声を聞いた時は、動悸《どうき》が打ちそうになった。

一日一日と節がかたまり、声がしっかりして来て、鶯らしい啼き口になった。

しかし、どうも仕舞まで歌わない内に、節が切れる様である。

野生の藪鶯には滅多にないが、附け子には節が中途で切れて後が続かない「ホケ」と云うのがある事を後で知った。

私の家の雛は、どうもそれらしい。本調子の文字口ほど持って廻らなくても、兎に角結んでくれればいいと念ずる。しかし大事な所で切れてしまう。「ホウホケ」それを初めの所は物物しく、「ホホホ」と切り出し、尻切れになる所で馬鹿に力強く、はっきりと「ホケッ」と啼き切る。

止《や》んぬる哉《かな》、と情なくなった。声柄《こえがら》がどうあろうと、間《ま》が急がしかろうと、それは構わないから、兎に角仕舞まで啼いて貰いたい。今までは家に飼っている外の鳥の鳴き声が鶯の雛に影響を与える事を極力警戒していたが、もうそんな事は構わない。近所の小鳥屋へ行って、強烈な蛮声で鳴いている藪鶯を買って来た。その籠をホケの附け子の飼桶の上に置き、せめて節を結ぶ事だけ教えようと企てたが、何の役にも立たなかった。

合羽坂の下から自転車で登って来るどこかの小僧が、私の家に来る御用聞きではないらしいから、どんな小僧か知らないけれど、うちの前に掛かり、丁度鶯の飼桶のある座敷の格子の所を過ぎる時に、きまって、「ホホホ、ホケッ」と云って自転車で行ってしまう。

憎さも憎し。「猫」の苦沙弥先生の顰《ひそみ》に効《なら》い、ステッキを振るって追っ掛けたいが、自転車だからすぐに行ってしまう。うちの鶯のホケをいつ聞いたのか、この小僧め。しかし、うちのホケがわかるのか。それを種に人をあざけるとは優秀な小僧でもある。優秀でも憎さは憎い。

今度うちの前でホケッと云ったら、つかまえるぞ。

しかし自転車で通る小僧をつかまえなくても、今村久兵衛のよこした雛は、明亮《めいりょう》にほがらかにホケッ、ホケッと啼き続けている。

その苦い経験があるので、今度の二度目の附け子は随分心配した。その鶯は今現に私の手許にいるのだし、これから話を新たにして自慢するのもいかがかと思う。御披露は差し控えるが、ホケではありません。もう換羽も近いがまだ啼いている。明日も本格文字口の調子を聞かしてくれるだろう。

あぶってないので、鳥屋《とや》が遅い。鳥屋《とや》は羽根の抜けかわる事。あぶるとは、晩秋から冬にかけて、日が短かくなる時期に、暗くなった後まで燈火を見せて、一日の時間を長く思わせる事、つまり餌を食べる時間を長くしてやる事です。

跡かたもなし

空襲で焼け出される前の家は、今の住まいと往来を隔てた真ん前であった。

今はその跡にビルが建ち、ブロックの屏をめぐらして、丸で往時の思い出の手がかりもない。

木造の、と云う迄もなく当時はそれにきまっていたが、その二階建ての借家の二階を書斎にしていたから、その座敷の机の前に坐り、物物しく時を過ごしていたけれど、あまり勉強もしていないし、仕事もしないと云っても、必ずしなければならない仕事はなかった。

仕事と云うのはお金儲けになる事をそう云ったのだが、それがなければどうするかと云うに、つまり暮らしに困る事に結著する。

学校の教師はすでにやめていたし、それでどうして暮らしたかと考えて見ると、初めから無理にきまっている。ほんの少しばかり、二三の著書はあったが、その印税を云云《うんぬん》する程の物ではない。

そんな情況の中で、小鳥を沢山飼っていた。昔から「阿呆の鳥飼い」と云う。それにはまた附随した意味もあって、ただ馬鹿だと云うだけではない様だが、どう云い廻して見ても、利口のする事ではない。暮らしがらくだから小鳥を飼うのは鳥飼いの本筋ではない様で、苦しい遣り繰りの中に小鳥を飼わなければ本当ではないだろう。

脊の高い立派な唐丸《とうまる》形の雲雀《ひばり》籠に飼った雲雀、鶸《ひわ》、駒、目白等の外に、特別に造らした大きな鳥籠には尾長がいる。

その尾長が、鴉科の鳥だそうだが、私が二階から降りて来ると、梯子段の下の板敷の一室にいて、鴉に似た声でガアガア鳴く。

いつもそうなので、気にもしなかったけれど、その内に、私が二階で起ち上がっただけの気配で鳴く様になり、仕舞に私はまだ机の前に坐っているのに、さあ、もう降りよう、と心の中で思っただけで、途端に下で尾長がガアガア鳴き出す。

どう云う所が通じるのか解らない。少し気味が悪い様でもある。

その家の玄関には、いろんな訪客が来た。この頃の様に、成る可く人を寄せつけない様にしようと云う無愛想な心底はなかったので、来る方も気安だったのだろう。天道様の底が抜けた様な土砂降りの中に、表で自動車の停まる音がして、友人がやって来る。門はなかったので、タクシーを降りて玄関の軒に差し出た廂《ひさし》の下に入る迄の、ほんの一寸《ちょっと》の間にずぶ濡れになる程の大雨の中を立ち寄ってくれたのをうれしく思い、ようこそと歓迎する。

そんな日でなく、何でもないお天気の夕方よくやって来る。法政大学に近いので、夜学の授業を持っているその行きがけに、丁度晩の一盞《いっさん》を始めている私のお膳に加わって、共に一献を交わす。それも亦、相手が出来てうれしいから款待《かんたい》する。ところが向う様は私のお客に来たのではなく、夜学に出る前の行きがけの駄賃と云うわけなので、こちらの進行に関係なく、時間を見て、もう遅くなるからと、御飯を催促してさっさと行ってしまう。どうもその後のお膳は面白くない。第一、おもてなし役の家内から文句が出て、あまりいい顔をしなくなった。

玄関にだれか来て、いきなり大きな声で何か云いながら、上り口で風呂敷包みを解いて、中の物をそこいらへ取り出した。

家内はてっきり押し売りだと思ったそうだが、奥にいた私も矢張りそうかと思った。ところが飛んでもない失礼な思い違いで、田舎から出て来られた昔の中学の先生である。わざわざお立ち寄り下さって、上り口にひろげられたのは、私に下さるお心尽しのお土産の品品であった。

大いに恐縮してお通し申し、上座に請じて御挨拶を申し述べた。外国地理の先生だったので、東洋の大河、オビ、エニセーからユーフラチス、アムダリヤ、シルダリヤに到る十五の名前を暗記させたり、西比利亜《シベリヤ》鉄道の駅名を教わったり、南方の「ルスン、セレベス、パプア島、西に偏してボルネオ、スマトラ、ジャワ等の島島、星の如くに打ち列《なら》び、いずれも椰子《やし》、砂糖、煙草、珈琲《コーヒー》などを産す」と云う一項を今でも忘れない程蔵き込まれた。

その先生には後日物語があり、お気の毒な事が続いた様だが、それは又折りを見て筆を更める事にする。

その家の玄関にはまだいろいろ変な訪客が這入って来たが、結局昭和二十年五月の大空襲で、白色に光る火柱となって跡かたもない。

忠奸

鼠があわてて、流し口の三和土《たたき》の穴に逃げ込むところを、後から尻尾を摘んで引張ったら、尻尾の黒い皮が、鞘《さや》を抜いた様にずるずると取れて、私の指の間に残った。鼠は赤裸に剝《む》けて少し濡れている尻尾を、変な風にひくひく動かしながら、暗い穴の奥に消えてしまった。どぶの水が尻尾に沁みると、ひりひりしやしないかと案じた。

私は無気味な尻尾の皮を捨てて、手を洗って自分の部屋に帰った。もし鼠が振り返って、指先に嚙みついたら、大変だったなと、後で恐れた。しかし鼠を追っ掛けている時は、夢中になってしまって、そんな事は考えないのである。不意に何処《どこ》からか飛び出して来て、人の目の前を通行するのが癇にさわり、又割りに大きな目のまわりの表情も面白くない。小ざかしそうで、その癖人の方を見ているのだか、いないのだか解らない。私は鼠を敵のように追い廻した。

子供の時、生捕った鼠に倉の者が石油をぶっ掛けて、火をつけたら焼け死んだ。それを面白がって、夏の夕方、火の玉になった鼠を外に放すと、鼠がきりきり舞いをして、縁の下に這い込んだので、大騒ぎをしたことがある。

　中島の磧《せき》でやれば、あぶなくないから面白かろうと云うので、倉の者がみんな出かけて行くから、私もついて行って見たら、暗闇の芝原の上を、赤い火が弓なりに走って、その儘、草むらの中に這入ってしまった。その上が少しばかりぼうと明かるくなったと思ううちに、間もなく光りが消えて、磧がもとの通りの真暗闇になった。磧の向うを流れている川の水が、暗い中で時時きらきらと光るのが恐ろしくて、私は倉男の間に挟まれる様に身体をすりつけながら、帰って来た。

　家が貧乏して、造り酒屋を廃業したので、私と母と祖母と三人だけ、川向うの小さな借家を借りて住む事になった。祖母がいつも私に云い聞かすには、今までと違って人手がないから、そらと云う変事《へんごと》のあった時、あわててはならぬ。何よりも先に御先祖様のお位牌を持ち出すのを忘れぬ様に気をつけなさい。

　そうして私共三人、風の音にも飛び上がる様な気持で暮らしているうちに、ある晩早く寝てしまってから、どの位たったか解らないが、恐ろしい母の悲鳴をきいて、私は目を覚ました。私が寝床の上に起き上がってからも、まだ悲鳴が続いていた。私はいきなり仏壇の扉を開けて、お位牌を引っ張り出した。その内に向うの騒ぎが静まり、母が青い顔をして座敷に帰って来て話すのを聞くと、手水《ちょうず》に起って、縁側に出た途端に、あわてた鼠が足許から飛び込んで、背中を伝って襟くびから這い出したのだそうである。鼠の足の裏は冷たくて、無気味だと母が云った。

東京に出て来て、高田老松町にいた頃、鼠が家じゅうあばれ廻った。台所は最もひどく、いつ行って見ても、三匹も五匹もそこいらを這い廻って、何かしていた。そうして、人の顔を見ると、さっと首を上げて仲間同志に相図をし、一列にならんで、柱の傍の、床から二尺ばかり上がったところにある穴の中へ逃げ込んだ。いつも同じ道を通って、同じ穴から這い込むために、柱の肌が黒くよごれていた。

私がいきなり台所へ出た時、逃げ後れたのが一匹、そこいらをうろうろした揚句、矢張り同じ穴に這入ろうとして、柱を上りかけたところを、棚にころがっていた擂木《すりこぎ》を取って、上に向いて来る鼠の鼻面を叩き落としたら、鼠は流しに転がって死んだ。鼻から少し血を出していた。

それから又次の時、台所に出て見たら、鼠がうろたえたので、同じ様な工合に一匹叩き落とした。

段段気合いが解って来て、腕が冴える様に思われ出した。その擂木を鼠征伐専用にきめて、手勝手のいい所に置き、退屈すると台所に出かけて行って、鼠と戦った。一撃も外れた事はなく、あわてて上って来る鼠を、一どきに三匹も四匹も殺したりした。死骸の始末は女中に命じて、書斎に引き上げる時、何となく身内に力が充ち溢れて、勇気凜凜たる風格を自ら味わう様な気持がした。

女子大学の幼稚園に通っている多美野と云う女の子が、台所で躓《つまず》いて、上り框《かまち》で鼻を打って血を出したので、大騒ぎになった。祖母が出てきて、私が鼠をいじめるから、鼠の祟りでこの子がこんな目に会ったと云い立てるから、鼠退治はそれで止めにした。

殺生

家の者が、畳に上がった蟻《あり》を揉み潰すと、私は目に角をたてて怒る。食膳に飛んで来た、はくちょうを捕えても、その場で殺さずに、そっと塵紙に包み、そのまま芥箱《ごみ》に捨てさせる。その途中、家の者が、ひねり潰して殺すかどうか、そこまでは考えない。私の目前で惨事が行われさえしなければいいのである。

生きた蚯蚓《みみず》のうねくねするのを、釣針の尖《さき》に突きさして指頭でたぐり込む様な事をして、餌をこしらえる。水につけても、魚が食わないから、上げて見ると、蚯蚓は死んで白っぽくなっている。そこで又生きた蚯蚓を摘まんで、釣針の尖につき刺し、針の根本までたぐり寄せて、七転八倒の苦しみをしている奴を、水の中に漬ける。昔はそんな事を平気でやったけれど、今はこうして書いて見るだけでも、ぞっとして、手頸に粟粒が出来る。

そんな事が平気であるだけでなく、好きだった年頃があった様な気がする。猫の腰の、股の著け根の凹んだ柔かい所を、指で挟んで、ぐっと力を入れると、猫は必ずぎゃっと泣くのである。大変気持が悪いらしい。今度は猫を押えつけて、顔だけを上に向かせ、指の先で目玉をぐりぐりとこすってやった。永年家に飼っていた一と云う犬を、急にいじめて見たくなり、三間竿をしごいて、追っかけたら、初めの内は、犬の方で誤解して一緒に遊ぶのかと思ったらしく、尾を振り振り逃げていたが、いつまでたっても私が追撃して止めないので、段段犬も腹を立て、奥深い声で唸り出したと思ったら、急に後を振り返って、歯を剝き、赤い歯茎を出して、竿の中程の節に嚙みついた。その顔が犬の様ではなかったので、私は三間竿を投げすてて、家の中に逃げ込んだ。

中学の一年か二年の時、隣りの席にいた友達の頭が少し変で、時間中に私がつっ突いても知らん顔をしている。癪に触るから、膝の辺りを白ズボンの上から、抓《つね》ってやっても、上を向いた儘、薄笑いをしているので、しまいには、鉛筆の尖った心《しん》で、股を突いたり、白ズボンの上に、滅茶苦茶に字を書いたりしてやった。それでも向うは平気な顔をしているから、私の方が益《ますます》いらいらした。

生きた鮒《ふな》を熱湯の中に入れたら、すぐに白くなって浮いただけで、別に面白い事もなかった。津蟹《つがに》を捕まえて来て、這っているところを、甲羅の上から、煮え湯をかけたら、忽ち脚が胴体から離れて、みんなばらばらに転がり、その離れ目から、どろどろした青い汁が少しばかり流れ出したので、気味が悪くなった。

蛙の尻の穴に、煙花《はなび》の大砲を差し込み、先に火をつけておくと、ぴょんぴょん飛んでいるうちに、ぱんと破裂して、蛙がおなかから裂けると云うのは、友達から教わったけれど、少し物騒な気がして、やらなかった。

海水浴に行った時、生きた蛸《たこ》を貰って来て、バケツに入れたまま二階に持って上がったら、いつの間にか水から這い出して、床の間を走っていた。その様子が憎らしいので、お灸を据えてやろうと思ったけれど、生憎艾《もぐさ》がなかったので、祖母の刻莨《きざみたばこ》をもんで、蛸の頭にのっけ、蚊遣線香で火をつけた。段段に煙草の玉が燻《くゆ》って行って、火の玉の下に廻り、蛸の頭に触れたと思う途端、蛸は頭から八本の脚の突尖まで、さっと一どきに色が変って、死んでしまった。

夕立鰻

鰻屋の俎《まないた》の横に積み重ねた籠の中で、鰻がたくさん、上になり下になり、揉み合って居りました。竹の管の小さな穴から、ぽたりぽたり落ちてくる雫を頭にかぶって、その中の一匹が、大きな欠伸《あくび》をいたしました。

お店の上り口の部屋に、家の人達は、みんな仰向けになって、午寝《ひるね》をして居りました。だんだん外が暗くなって来ました。夕立雲がおいかぶさったのです。今まで、むしむしして、風がちっともなかったのに、急に辺りがひやりとして、へんな冷たい風が吹き出しました。

一ばん上の籠にいた一匹の鰻が、仲間のみんなを押しのけて、上へ上へと伸び上がっているうちに、籠の縁に顎がひっかかりました。鰻はそこからからだを乗り出して、籠の外に出ました。籠の縁から、下の三和土《たたき》におっこちた時、ぴしゃりと云う音がしましたけれど、家の人達は、眠って居りましたから、何人《たれ》も知りませんでした。

外の道が暗くなって、大きな雨粒が、ぽつりぽつりと落ち始めました。

どこか遠くで雷がごろごろと鳴りました。

鰻は、三和土のぬれたところを伝って、水はけの穴口から、表の溝《どぶ》の中に這い込みました。

溝の中では、水のかわいた所に、鼠がしゃがんで、顔をこすって居りました。その目の前に、大きな鰻がにょろにょろと這って来たので、鼠はびっくりして、顔を拭くのを止め、「ちゅっ」と鳴いて、穴の中に逃げ込みました。

その溝は、浅く埋もって居りましたので、鰻は暫らく這い廻っているうちに、泥の高くなった所から、また往来に這い出しました。

その時、黒雲が低く垂れて、辺りは夜のように暗くなりました。雨がはげしく降り出したので、道にころがっている小石が押し流されました。稲光りが、ぬれた往来に、ぎらぎらと光りました。その中を、鰻は横切って、道の向う側の大きな下水の方に這って行きました。

向うの乾物屋の軒の下で、雛が半分からだをぬらして、慄えていました。

すると鰻が往来を這って来だしたので、突っつくつもりで、雨の中に二足三足歩き出して行きましたところが、あんまり鰻が大きいので気味がわるくなり、後退りしかけた途端に、またひどい稲光りがして、丁度往来の真上の辺りで、空の裂けるような雷が鳴りました。雛はびっくりして、「かっ、かっ」とわめきながら、乾物屋の店に馳け込んでしまいました。

鰻はそんな事におかまいなく、雨をかぶってますます元気になり、うねくねと、大きくからだを曲げて、見る見るうちに往来を横切り、今にも向う側の下水の縁に這い込もうとした時、どこからか犬が馳け出して来て、鰻をくわえようとしました。犬は走って来た勢いで、下水の縁にのめりかけたので、蹈み堪えている目の前を、鰻はするするとすべるように下水の中へ這入ってしまいました。

土砂降りの雨水が流れ込んで、泥水が矢のように流れ落ちて行く下水をのぞいて、犬はいつまでも、雨に打たれながら、びょうびょうと吠えつづけました。

蘭虫

　私の買い度いと思う、欲しい物は沢山あるに違いないが、しかし急に今考えて見ると、なんにもない様な気もする。無慾恬淡になったわけではなく、欲しくて堪らない物が、何一つ思う通りに買えた試しがないので、長い間かかって、片っ端から、一先ずみんな諦めた為である。いよいよ買えると云う事になれば、到底納まりのつかぬ程無数の買いたい物が、一どきにせり出して来るだろう。

　欲しいと思う物を買って、自分の所有にするのは、うれしい事である。しかし、私はその間の手続きが好ましくない。つまり買物と云う交渉を好かないのである。いきなり知らない家に這入って行って、こちらの欲しい物を先方に通じ、品物を取り出したり、包んだりしてくれる間、じっと起って待っている。無理に起っていなくとも、腰を掛ければいいかも知らないが、そんな事をすれば、なおの事面倒くさい。お金を懐から出して払うのも億劫であり、お釣りを貰う時に、なかなか埒《らち》が明かないと、じれったくなって、夏の暑い折など、店の土間で地団駄を踏み度くなる。以前はそれ程でもなかったと思うけれど、近来は欲しい物を買うお金を持っていても、その間の手続きを考えるとうんざりするので、店屋に這入るのがいやな為に、ついその儘諦めてしまう事がしょっちゅうある。

それなのに、どう云う事の序《ついで》であったか忘れたけれど、人のごみごみ揉み合っている百貨店に這入って、昇降機に乗り込み、屋上に上がって金魚を買った。大変立派な金魚池が、幾仕切りもあって、大きいのや小さいのや、尾の長いのや、胴体の丸っこいのが、大体赤い色で、水中に鮮やかな波を染めつつ、普通の金魚よりは大分雲に近い所を游ぎ廻っていた。

方方の池を見て廻るうちに、拇指の一節《ふし》ぐらいな大きさの、当歳《とうざい》の蘭虫が、木で造った浅い水槽の中を游いでいるのが、非常に可愛かったので、六匹買って、別に小さなバケツも買い、水草と一緒にその中に入れて貰った。

抑《そもそ》も蘭虫はすぐに死ぬものであると云う事を、昔祖母から聞いている。祖母は金魚が好きで、田舎の家の泉水に、阿蘭陀獅子頭《おらんだししがしら》の七匹揃いを飼って、御飯に蟹《かに》のおかずの時は、まだ身のついている甲羅や脚を手に持ったまま、泉水の縁の庭石にしゃがみ、歯楊子の様なもので、中の身を綺麗に洗い出してやった。美しい金魚がその廻りに集まって、水中に散らかって行く白い身に、ぱくぱくと喰いついた。しかし、一度も蘭虫を飼ったのを見た事がなかった。祖母はしょっちゅう蘭虫の話しをしながら、六ずかしくて迚《とて》も飼えないと云った。種のいいもの程、弱くてすぐに上がるから、素人の手にはおえないと云うのである。

私は屋根の上で買った蘭虫をバケツに入れて、街上に出る迄に、昔に聞いた祖母の話を思い出して、非常に用心深くなった。中の水を動かしてはいけない。何かにぶつけて、蘭虫が鼻を突くと大変である。呼び止めた自動車に乗る時、第一に、ゆっくり走らせてくれと云う事を交渉した。自動車に乗ってからも、バケツをじかに置けば、振動が直接に水に伝わるから、私はバケツの柄を片手に持って、宙に差し出した。振動は私の腰から脊骨に伝わり、方方の節節でうまく勢いを抜いて、バケツを握っている指まで来るうちには、調節がとれている筈である。

交りばんこに持ち代えた両手が、棒のように筋張る思いをして、やっと家まで持ち帰った。早速小さな支那鉢に水を張って、その中に移し入れた。蘭虫は疲れた様子もなく、みんな元気がよさそうである。

張った水が、暗い色の甕肌《かめはだ》のために、不思議に深く思われた。その中に蘭虫が、茂みの葉隠れに咲いた花の様に、ぽつりぽつりと点在している。

私は夕方暗くなるまで、支那鉢の中を覗いていた。金魚はどんな風にして眠るか見ておきたいと思ったけれど、水を明かるくすれば、先方も起きるに違いないので、夜は暗いところに置いたまま、諦めて寝た。

翌朝、起きると早速蘭虫の支那鉢を見に行った。どうもその中の一匹が、あんまり動かないので、一寸指頭で突っついて見たら、すぐに腹を返して、死んでいるのである。流石《さすが》に蘭虫は優美で、游いでいた時の姿勢のまま、おとなしくなっている。昨日まで百貨店の屋根の上にいたものを、網でしゃくり上げて、昇降機に乗っけて地上まで降りたから、急に自分の住んでいる水の高度が違ったのである。それだけでも、どこか身体にさわったかも知れない。第一小さなバケツに入れて、自動車に乗ったりしたのだから、死ぬのは当然である。ぴんぴんしている様だったら、本当の蘭虫ではないと考えて、私はその死んだ蘭虫を摘まみ出した。実は自分で摘まむのは気味が悪いから、家の者を呼んで摘まみ出させた。

水から上がった蘭虫を見ると、背中のつるつるした辺りにも光沢が残って居り、それに思ったよりも小さくて、ちっとも死んだ魚のいやな感じがしなかった。

子供の時、大阪の第五回内国勧業博覧会へ連れて行って貰って、それから堺の水族館を見に行ったら、一尺近くもある大きな金魚が、百円だったか、五十円だったかの値がついて、売品になっていた。珍らしいのと、値段が高いのとで、人だかりがしていた事を覚えている。あんなのを飼って、金魚の顔で死なれた日には、無気味で始末がつかないだろうと、蘭虫の死骸を眺めながら考えた。

翌朝起きて見ると、また一匹死んでいた。水面から一寸ぐらい下に、じっとしているから、生きているのかと思った。矢っ張りもとの儘の姿勢で、動かなくなっているのである。全く蘭虫は、何処まで優美なのだろうと感心した。二三年前に、暹羅《シャム》から闘魚を二匹貰って、別別の甕に大事に飼っておいたところが、その中の一匹が、水から飛び出したのを知らなかった。気がついた時には、庭の日向《ひなた》で、蟻《あり》が一ぱいたかっているので、驚いて、すぐに蟻を洗い落としてやったけれど、もう死んでいた。どう云うわけで飛び出したか解らないが、暹羅の闘魚が日本の蟻に食われて、いやな気持だったろうと同情した。

蘭虫はそれから毎日一匹ずつ死んだ。死なない日もなく、二匹死んだ日もなく、行儀がいいのである。そうして七日目に、到頭一匹もいなくなってしまった。流石に上等の金魚らしく、弱いところに無限の値打があると思った。昔祖母の云った通りで、六ずかしいものだと感心すると同時に、死ぬ様な蘭虫でなければ、本当の蘭虫とは云われないと考えた。

みんな死んでしまって、鉢を洗った後、外に出て道を歩いていると、近所の魚屋の店頭に、小さな、尻尾の短かい金魚が、水面一ぱいに浮いて、あぷあぷしていた。白粉《おしろい》を真白につけている奥さんが、その金魚を十銭買った。魚屋の小僧は経木をしごいて三角錐の形に折り、その凹みの中に、金魚を手づかみで一匹二匹と数えながら、入れた。

「水がなくても大丈夫か知ら」と奥さんが云った。
「請合いです。ひっぱたいたって、死にやしません」と小僧が云った。
死にもしない様な金魚を飼って、どこが面白いのだろうと、私は軽蔑した。

新月随筆

一　こおろぎ

八月二十九日の宵、暗い庭のどこかでこおろぎが鳴き出した。立秋から二十日余りも過ぎているので、少し遅い様に思ったが、私の家で聞いたのはその晩が初めてである。二三日前の夜、久し振りで外に出た時、新宿の通の露地でこおろぎの鳴いているのを聞いたから、よその庭ではもっと前から鳴いていたかも知れない。

ほかの風物が秋を知らせていても、こおろぎの声を聞くまでは本当に秋になった様な気がしない。こないだ内から毎晩もう鳴きそうなものだと思って待っていたのだから、その宵より前に鳴いていたのを聞き落したと云う事はない。しかし、不意に鳴き始めた初めの節からはっきりしていたので、到頭こおろぎが鳴き出したと思った拍子に、何だかもっと前から聞き続けていた様な、曖昧な気持がした。待っていた声を聞いたので、うれしい筈であるけれども、矢張り色色の旧い気持が、忘れてしまった昔の記憶の跡にからみつくと見えて、ただ一匹だけ鳴き続けている声にどこまでも引っ張られて行く様であった。

りゅうりゅうりゅうりゅうと云う節は、いつまで鳴き続けても速くもならないし、声の調子も変わらない。夜半にふと目がさめて聞く声は、眠る前にうつらうつら耳に入った声と同じものである。秋の夜長と云う気持が沁み沁みして、暫らく寝つかれない事もある。しかしそれは今の私の家が狭くて、虫の数が少いから、節に聞き覚えのあるのが出来たりするのかも知れない。

私の生れた郷里の家は造り酒屋だったので屋敷の中が広く、秋の今頃になると、六つの倉と臼場のどこの隅でもこおろぎが鳴き立てた。中学を卒業する前に家が貧乏したので、酒造をやめた後の広い家の中に、倉男も店の者もいなくなって、夜になると自分の家でも暗い所は無気味であった。そうなってから後の秋の夜に鳴きしきったこおろぎの声は、何百とも何千とも知れないりゅうりゅうと云う節が撚《よ》れ合って、一つの大きな流れにかたまった。夜通し空っぽの倉と倉の間を、大浪の揺れる様に、節の頂があっちに遠のいたり、こっちに迫ったりした。時時は、私共の寝間の床下で鳴いているこおろぎの群に、その浪が移って来る事もある。明け方に近く、ふと目が覚めた時、どうかした機《はず》みでこちらの寝ぼけた気持が、こおろぎの声の浪に乗る事があると、自分の寝床がりゅうりゅうりゅうと云う節に揺られて、辺りを取り巻いている浪と一緒に、ゆらりゆらりと動き出す様な気がした。

二　松虫

軒に小さな虫籠が八つ釣るしてある。そのうち五つは松虫で、三つは鈴虫である。夜店で売る虫は、瓶で孵《かえ》して、無理に温めたり何か細工をするのであろうと思う。飛んでもない時分に鳴き出して、まだ梅雨の来ない前から夜店に出ている。それから本当の夏になって、土用の内にその時分の虫は死んでしまう。しかし次から次から瓶で孵して売り出すのだから、夏じゅう秋虫の絶える事はない。たまに夜店を歩いて、そう云う季節外れの虫の声を聞くと、却っていらいらした気持になる。

東京の町中にいて、本当の野生の秋虫を手に入れるには、大分秋が更けるまで待たなければならない。しかし暦の上で秋が立ったと云う事になると、早く虫の声も聞きたいと思う。この二三年は、その頃になると小鳥屋にそう云って持って来て貰う事にしている。小鳥屋で扱う虫も矢張り瓶で孵したものばかりである。野生の虫が出る頃になると値も下がり、お客も珍らしがらぬので、商売にならぬから、小鳥屋は虫を止めてしまうのである。

それを承知で買ったのだから仕方がないが、八匹のうちの三匹の鈴虫は、もう相当に鳴き疲れている様子で、特にその中の一匹は、まるで早霜にでも打たれた様に、ぼろぼろの声をしている。縁の下のこおろぎは、やっと鳴き始めたばかりなのに、軒の鈴虫は息も絶え絶えである。雲のかぶさった暗い日には、昼間のうちでも、げりげりと云う汚い声で鳴き出す事もある。

五匹の松虫はその反対に、まだ孵ったばかりで鳴いていませんが、それでよろしければと云って持って来た。こおろぎが鳴き出した晩から二晩、三晩遅れて、松虫も鳴き始めた。しかし、みんなではないらしい。その中の二匹か三匹が鳴いているのであろうと思われる。声も澄んで居り、節もはっきりしているので、毎晩寝る前に暫らく聞き惚れるのである。

虫を届けた小鳥屋が来て自慢した。

「方方のお得意様で評判がよろしい様です。節をはっきり鳴きますか」

節もよく、声もいいと私が褒めると、

「ちいんち、ちんちろりんと鳴きますか。そう鳴けば本物ですが」と変な事を云った。

松虫の擬声で手をつけた三味線の節をどこかで聞き覚えて来たらしい。拍子の数の都合で、前に「ちんち」と入れたものを、逆にそう鳴くのが松虫の本当の節であると勘違いしたのではないかと、私は邪推した。

「そんな事を鳴いたら、松虫のどもりじゃないか」と云ったら「いえ、そんな事はありません」と小鳥屋がむきになって説明しようとした。

夜汽車が山裾を廻る時、轟轟と響き返る車輪の音の中から、浮き上がる様にはっきりと聞こえて来る山の松虫の声を、その頃の時候になると何年もたった後になって、不意に思い出す事がある。

三　七　夕

こおろぎの鳴き始めた宵、表の往来に出て見たら、十二三夜らしい綺麗な月が隣りの二階の棟に懸かっていた。暦を考えて見ると、旧のお盆が近いらしい。そう云えば四五日前が七夕であった事になる。

子供の時は郷里で毎年七夕様の短冊を書いた。七夕の日は朝早く、まだ稲の露の乾かぬ内に町裏の田の畔道を伝って、家から持って来た盆の上で稲の葉をたたくのである。そうして二滴三滴ずつためた稲の露を持って帰って硯に移して墨を磨る。七夕様の短冊を書く硯の水は、そうして集めた稲の滴《しずく》でなければいけない。赤や黄や青の短冊が長いのや短いのや色色あって、中には大人の脊丈ぐらいのもある。それに書く文句もただ「七夕様」「牽牛織女様」などと云うのから、「七夕が棚から落ちてきんつめて、やれやれ痛やもう上がるまい」と云うへんなのもあった。

七夕竹はその前の日に、毎年きまった男が売りに来た。竹の葉の少し枯れかけた枝にその短冊を釣るし、庭に立ててお供物をする。そうして翌くる日は裏川に流してしまう。別に面白い事でもなかったが、歳月の過ぎた後から思い出すと、その淡淡とした行事に忘れられないところがある。

この頃はまた七夕祭が復活しかけている様だが、東京でやる様に新暦の七月七日にしたのでは、何よりも夜空の様子が違うから、そう云う事で遊ばして貰った子供達が大きくなっても、何の思い出も残らぬであろう。

四　お月見

私は今の僑居に移ってから八年になるが、毎年仲秋名月と後の十三夜とにはお月見団子をつくり、茄子《なす》や芋や豆を供えてお月様を待つ。しかし私の家は狭くて平屋で庭がないから、折角のお供物を縁側に出しても、その上に月光がさして来ると云う事はなく、従ってお月様には見えないと云う事になる。

その晩は家の者が代り番こに表に出て往来の空を眺める。坂の向うに今お月様が出たとか、もう少しでお隣りの廂《ひさし》を離れるだろうとか、いろいろその時の情況を家の中に知らせる。

月が高くなって、いよいよ私の家の縁側から頸を伸ばせば見えそうな時刻になると、落ちついていられない。一年に一度だと云う大袈裟な気持になる。

名月の渡るのはお隣りの二階の廂の外れと、裏のお屋敷の塀の切れ目との間の四五尺の空である。その塀が私の家に近い為に、それだけの空はあっても、家の中に坐っていては見えない。縁側に出てしゃがめば、それだけ塀が近くなるからなお更空が狭まり、その上に私の家の廂がかぶさって、ますます見えにくくなる。それで縁側の端の柱に片手でつかまり、鉢前の上に半身乗り出す様にして、頸を上に曲げて空を仰ぐのである。

そうして覗き出した顔のまともに、名月が滴の垂れる様な色で渡って来るとそれで安心する。今年も名月を見てよかったと思う。私はそれ程風流であった様にも思わないが、家が狭くて中中一通りでは見えない、うっかりしていれば半時もたたぬ内に、私の家から見える空を通り過ぎてしまうだろうと心配するので、その方の気がかりから、この四五年来急に風流な気持になったのではないかと思う。

蜂

秋になると蜂の子に不自由しないが、土用の内はなかなか手に入らない。たまに小鳥屋に蜂の巣が来ても随分高いので、子供の時、田舎の家の倉の軒や、庭樹の枝にいくらでも巣をしていた事を考えると、お金を出すのが馬鹿馬鹿しい様な気もするが、暑さに弱っている鶯やみそさざいには食べさせてやりたい。小鳥屋にそう云って頼んでおくと、速達の小包で送って来る事がある。すぐに得意先に届けてしまわないと、一日小鳥屋の店に置いても、その間に巣の中の虫がいくつも蜂になって飛び出してしまうから、それだけ中身がへって売りにくくなる。それで速達などにして送って来るのだが、そうして小包になっている半日ばかりの間にも、外の時候が暑いので、中の虫はいくつも蜂になって、巣の穴から這い出し、函の蓋にとまって、羽根を乾かしている。郵便屋は包みの中がそんな物騒な物とは知らずに持って来るのだが、或は規則の違反になっているかも知れない。尤《もっと》も初めに向うから発送する時は、ただ蜂の巣を小函に入れて紙に包んだだけだから、別に差支《さしつかえ》はないであろう。その内に、郵便局の窓の奥や配達籠の中などで、蒸されたり、天日に照りつけられたりして蜂になるのだから、中途でいけない品物に変わっている。受取った時、差出しの名前を見て、小鳥屋だから蜂の子をよこしたのだろうと云う事は解っても、中に蜂がいる事に気がつかないで、うっかり蓋を開けると、元気のいい奴は早速飛び出して来るので、びっくりする。生まれたばかりでも頸や手にとまったところを、あわてて叩いたりしたら、刺すであろう。急いでまた蓋をして、どう始末をしようかと考える。往来に持ち出して逃がしても、十四や二十四も家の廻りを蜂が飛び廻るのは物騒である。その中には庭に降りて、手水鉢《ちょうず》の水を飲みに来るかも知れない。柄杓《ひしゃく》の柄の裏側にでも止まっているのを知らずに握ったら大変である。

私は一度蜂に刺された事がある。私の生まれた家の表二階に長い縁側があって、欄干がついていた。そこに靠《もた》れて向うを見渡すと、故郷の町の辰巳を取り巻いている低い山の姿が、日によって色色に眺められた。近くには小さな墓山があって、私の家の墓地もその一劃にあり、二三年前になくなった父もそこに眠っている。すぐ目の下の中庭の泉水には金魚が曖昧な色をして泳いでいる。その欄干に靠れて、二十歳時分の冥想と感傷に耽るのを日課にしていたのだが、初秋の或る日、いつもの通りの気持でぼんやり縁側に出た途端に、何がどうなったのか解らなくて、いきなり足頸に煮え湯をぶっかけられた様な気がした。飛び上がった拍子に、夢みる様な気持が突然何かにぶつかって、気がついて見ると、脛に蜂がとまっている。あわてて振るい落として、そこいらを二三度きりきり舞いをした。私が騒ぐので、祖母や母がうろたえて、朝顔の葉を揉めとか、毒消しの汁を絞れとか大袈裟な事になったが、刺された痕《あと》は見る見る内に赤く膨れ上がって、そうしている間も一所にじっとしていられない程痛かった。どうして刺されたのか解らないけれど、蜂が縁側を這っているのを私が知らずに踏みつけようとしたのかも知れない。

私の家はもと酒造家だったので、裏が広いから、夏になると方方に蜂が巣をした。その中から出て来た親蜂が、日盛りには広い石畳になっている井戸端に降りて来て、水を飲んだ。それを倉男がうっかり踏みつけて、刺される事がよくあるので、蜂の巣を見つけると焼き払った。蜂の巣を焼くと火事があると云ってきらったが、刺された者はそんな事より蜂が憎いので、構わずに焼いてしまった。坊主になった古い竹箒の尖に火をつけて、長い柄の先に燃え上がった燄《ほのお》の、団《かたま》りを、蜂の巣の下からかざすのである。黒焦げになった蜂が、ばらばらと地面にこぼれ落ちた。今考えると、小鳥に食べさせるうまそうな蜂の子も、一緒に焼けて落ちたに違いない。

夏目漱石先生のなくなられた後、もとのお家が改築せられて、大変広くなった。二階にも憚《はばか》りがついているのだが、滅多に使わないから、その中の下まで通じている長い筒に蜂が巣をしているのを知らなかったので、いきなり尻を蜂に刺されてびっくりしたと云う話を、先生の御長男の純一君から聞いて、可笑《おか》しい話だと思った。その内に私がそのお宅を訪ねて、二階の憚りに入ったけれど、うっかりその話を忘れて用を足そうとした。よく覚えていないが、或はその話を聞いてから一年たっていたかも知れない。遠くの方で何か唸る声がする様に思われて、不思議に思っている内に、急に純一君の話を思い出した。私は奥の方に入っていたのではないが、念の為に奥の方の戸を開けて覗いて見ようとしたら、中から二三匹大きなのが浮く様に飛んで来たので驚いて戸を閉めて外に出た。

まだ子供の時、大人の仲間について近くの山へ茸狩りに行った。道のないところを登って行く途中、笹の葉の繁った中に何だか奥深そうな穴があったから、手に持っていた棒切れを突込んで見ると、何処《どこ》までも這入るので、手の届かない所まで押し込んでおいて、大人達の後を追っ掛けた。何だか地鳴りのする様な、重苦しい響がすると思っていると、大人の方が先に気がついて、だれかが後を振り向いた拍子に大変な声をした。何だろうと思って後を見たら、今私が棒を突込んだ穴の中から、親指よりもっと大きな蜂が丸で煙を吐き出す様に真黒になって、飛び出して来た。穴の外に出ると散らかって、銘銘に私達の方を追っ掛けて来るらしい。大人達も色を失って逃げ出した。私もその後から夢中になって馳け出した。やっと安心な所まで逃げてから、私はみんなから散散に怒られた。蜂に刺し殺されると云う話を、たまに新聞で見て珍らしく思うけれども、その時の事を後から考えて見ると、満更ない事でもない様に思われる。

小鳥屋の送って来る蜂の巣にはそんな大きなのはない。また余り大き過ぎては小鳥が食べにくいであろう。鶯などの嘴《くちばし》には丁度一口ぐらいの、ほろほろとした柔かそうな蜂の子を食べているのを見ると、さもさもうまそうである。しかし、山国では人間も蜂の子を食うと云う話を聞くけれど、鶯の食っているのを見て、うまそうだから、私も食いたいと云う気持はしない。

蚤《のみ》と雷

夏は明かるくていいけれども蚤と雷に困る。この頃は、家が狭いから掃除が行き届くと見えてあまり蚤がいない様だが、一たん喰われると、すぐその後がふくれ上がって、大きなほろせになる。おまけに大概一つではすまないので、そこいらに条《すじ》を引いた様に、ほろせがいくつも連らなるのを見ると、そんなに嫌いなのだから、方方喰い散らされる間、知らずにいると云う筈がないので、蚤の歩いた後がほろせになるのではないかと考えたりする。一どきにふくれ上がったほろせは、どれもこれも一様に痒《かゆ》くて、どれから先に爪形をつけて潰していいか解らなくなってじりじりする。蚤に喰われるのはいやだが、しかし一たび食われた上は、そのほろせを爪で潰す気持は、人生至楽の一つである様にも思われる。初めは縦に筋をつけ、次に横に刻み、小さな格子になった上を、今度は斜に爪形を入れる。一番痒いところは、ふくれ上がった周囲の境目である。そこの所をぐいぐい爪で押しておくと、ほろせの大きさが、今爪で凹ましたばかりの所まで広がって、初めの倍になり、それを幾度も繰り返している内に、ほろせが段段大きくなって、差し渡し一寸位になった事は何度でもある。

陸軍士官学校の教官をしていた時、同僚の某老先生が「昨夜はどの子も寝ないので、夜中に起きて蚤を捕ってやりましたところが、なんと八十四捕れましたよ」と云うのを聞いて、私はその場で地団駄を踏む様な気がした。じっとしていられないので、黙ってそこいらを歩き廻った。

雷は嫌いと云うよりも怖いのであって、怖いと云ってもまだ適切でない。遠雷のどろどろと鳴る音を聞くと、その途端に気分が鬱して、上厠《じょうし》したくなる。太古原人の時代に、敵に追っ掛けられるとその場に脱糞して、一つには逃げ出す自分の身体を軽くし、一つには迫って来る敵にいやな思いをさせたと云う旧《ふる》い本能が私に宿っているらしい。私の飼っている小鳥が時時何かに驚くと、平常籠の下の盆に落としている様なころころしたのではなく、何だかべたっとした、きたない糞を垂れるのもきっと同じ気持であろうと思う。

私はその戦法を無意識に雷に向かって用いているわけだが、相手が相手だから、利き目はなさそうである。

一番雷を恐れたのは、中学の上級から高等学校の生徒当時であろうと思う。毎日お午《ひる》時分になると、その頃いた家の二階の裏側に納戸があって、上の方に高い窓がついていたので、その窓に足継ぎをして攀じ登り、昔にだれか年寄りが使ったらしい黒硝子《ガラス》の嵌《は》まった縁の恐ろしく大きな眼鏡を掛けて、西北を取り巻いた遠い山の上のぎらぎらする空の奥から、雲の峰がどの位出ているかを一生懸命に調べた。私の郷里の夕立はいつもその方角から来るので、偶《たま》に西南の空が暗くなる事があると、そちらは昔の藤戸の渡しのあった辺りになるので、「藤戸に夕立をつけた」と云って人人が警戒した。その方からやって来る夕立は必ず烈《はげ》しい雷を伴なった。しかし藤戸の空は、その家の二階からは見えないので、黒眼鏡で観測する事は出来なかった。黒眼鏡を掛けたのは、そうしなければ真夏の空の光りが強過ぎて、目が眩《くら》んで見ていられなかったからである。

そうやって観測した結果、今日はあぶないと思う日には外へ出ない様にした。又そう云う日には、まだ雷の鳴り出さない何時間も前から、何となく身体の工合が悪くて、外へ出ると云う気にもなれなかった。私の雷雨の観測は殆ど百発百中の概があった様である。

東京へ出てから後も雷を恐れ続けた。よく傍の人が、そんなに恐れなくても、滅多に落ちやしないとか、落ちても市内は大丈夫だよなどと云って私を慰めたり笑ったりした。しかし、雷を怖がるのは落ちるとか、落ちたらどうなるとか云う様な事ではなくて、音が恐ろしいのである。却って霹靂《へきれき》よりは遠雷の迫って来る響の方が無気味な位である。どろどろと云う音が腹の底まで伝わり、気分は重く、忽《たちま》ち上厠したくなる。

士官学校の私共の授業は、いつも午前中に終ったので、午後から雷の鳴りそうに思われる日は、家へ帰らずにすぐに東京駅へ行って、中を歩き廻ったり、待合室で煙草を吸ったりして、夕立の通り過ぎるのを待った。

家にいる時でも、空模様が怪しくなると、あわてて支度をして、俥で電車の停留場まで駈けつけ、そこから電車に乗って東京駅へ避難した。

東京駅は家も大きいし、人が沢山うろうろしているから気がまぎれる上に、絶えず頭の上を通る汽車や電車の響で、無気味な雷鳴を胡麻化すのに都合がいい。

私がそう云う事をするのを、大袈裟だと云った人もあるが、それは本当の雷嫌いの気持を知らないのである。

外に逃げて行かれない時は、家を閉め切り、蚊帳を釣ってその中に小さくなっている。私一人だけ這入っているのでは気がすまぬので、家内一同、女中までその中に這入らせるから、風は通らないし人いきれで苦しいので、傍の者が迷惑したらしい。

漱石山房に行っている時、雷が鳴り出したので、私が坐ったなり海老の様になっていると、漱石先生が麦酒《ビール》でも飲んだらよかろうと云われた。

女中の持って来た麦酒を、お酒のきらいな漱石先生も一杯飲んだと見えて、雷鳴の隙間に私が顔を上げて見たら、先生は金時の様な色になって、曖昧な顔をして居られた。

この頃は昔ほど雷に気を遣わなくなったので、少し不思議な気持がする。

東京に雷が少くなった為かも知れないが、一つには年を取って、感受性が鈍ったのではないかとも思う。

掌中の虎

動物学者にお願いして、獅子、虎、象などを小さくして戴きたい。昔、頼朝公に献上した矮鶏《ちゃぼ》は番《つが》い二羽が一升桝《ます》の中に這入ったという記録を読んだ事がある。獅子、虎等の形は、今の大きさが必然なものであるとするのは、科学や趣味家の丹精の干渉しない野生のままの姿をうっかり眺めている人人の話であって、私はそう思わない。

人間でも体育を奨励した結果は、現に女の子がこの二十年許りの間に著るしく大きくなったのであるから、若しその反対の努力を惜しまなかったとすれば、汽車、電車、自動車等の輸送力も随分増加せしめ得た事と考える。大きな人間がすぐれて利口でもなく、長命でもない事は説明する迄もない。

そこで獅子、虎、象などの猛獣でも、科学的の指導と倦まざる丹精とによっては、虎を目白籠に入れて稲子を与え、象を座敷の隅に放って、南京豆でお行儀を教える事も不可能ではないと考える。

猛獣の天性をその儘に遺して、身体ばかりを小さくした象や獅子等が、何の役に立つかという事は、一寸《ちょっと》想像しただけでも、堪らない程楽しい事である。

蛍

東京の町中に住んでいて、宵闇の庭先を蛍がふわふわと流れているのを見ると、淋しい気持がする。毎年二つや三つは見ている様に思われるが、私の家のまわりに立ち樹は多いけれど、蛍の生まれそうな川はないから、多分どこか近所の家の軒端から、蛍籠の目を抜けて飛んで来るのであろう。光りも薄くぼやけていて、闇の中に曖昧な筋を引いただけで、すぐに何処かへ消えてしまう。

子供の時に私の育った家は、田舎の町外れにあって、町裏には田があったから、今頃の季節になると、時時大きな蛍が飛んで来た。真暗な酒倉と酒倉の間を流れて、屋根の向うに消えて行った後まで、濡れた様な青い色の光りが眼に残って、もっと沢山蛍のいる所へ行って見たいと思った。

夜寝る時、蚊帳の中に蛍をいくつも放して貰って、顔の上を飛び廻っているのを見ながら眠った覚えもある。そう云う晩は夜中になってから、きっと私が目を覚まして、身体の方方がかゆいと云って泣いたそうで、それは蛍の所為《せい》だろうと婆やが云っていたのも覚えている。

　今夜は蛍狩に行くのだと云って、父が先に立って倉の者や店の者や女中なども連れて出かけた。私もついて行ったが、いくつ位の時であったか、はっきりしない。家を出て、すぐ町外れの暗い八丁畷《なわて》に掛かると、両側の田の水に薄明りがさしていて、歩いて行く道だけが段段暗くなって来る様に思われた。

　大分行ってから細い道に外れて、みんなが一列にならんで歩いた。右側を流れている小川の水が盛り上がる様になって、所所道にあふれていた。その水の光りで足許も明かるくなった様に思われたが、もう家を出てから、どの位遠くへ来たのか解らない様で心細くなった。

　大きな蛍が向うの田の上を飛んでいるのを見つけて、私がそう云ったら、傍の者が、黙って黙ってと云った。あれは蛍ではないと小さな声で云った。しかし熊蜂ぐらいの蛍が、一匹だけ向うの方へ飛んで行った。その光りが田の水にうつって、水の底にぎらぎらする棒が沈んでいる様に思われた。

　雄町と云う所まで行ったのだが、そこが蛍の名所であって、辺りが蛍の光りで明かるくなり、一緒に行った者の顔が暗がりの中にありありと見え出した。みんな濡れた様な顔をしていて恐ろしかった。足許を矢の様に流れている小川の水が、蛍のために底まで真青に光っている。ぎらぎらする水が目の前を飛んで行くので、私はだれかに抱いて貰って目をつぶった。

夢路

I

貘《ばく》と云う獣は見た事はないが、熱帯の深林に住む奇蹄類で犀《さい》に似て草木の芽を食うと字引にあるから本当にいるらしい。しかし人の夢を食う貘は人相書が違う。この方は形は熊に、鼻は象に、足は虎に似て、尻尾は牛の様で、毛には黒白のまだらがあり光沢を帯びているそうである。霊獣の麒麟《きりん》とジラフ、唐獅子の獅子とライオンとは違う様なものかも知れない。

尤《もっと》も実在の貘も空想の貘も鼻の工合が上唇と鼻を一緒にした様な恰好で伸びている点は同じである。夢を食う貘とは丸っきり別物ではない様でもある。

II

子供の頃に動物写真帖を持っていて、何度でも飽かずに見入った。一番初めの頁はライオンの牡であった。虎や豹は巡業に来る見世物で何度も見たがライオンは見た事がない。田舎の郷里へ廻って来ないだけでなく、その時分ライオンは滅多にいなかったのだろうと思う。ライオンが動物園の檻の中で子を産んでカナリヤか十姉妹の様に殖え出したのはずっと後の事である。だから見た事のないライオンの写真は英雄崇拝の気持で眺め入った。虎や豹の写真も勿論載っている。知っているから又趣きが深くて見飽きがしない。象も何度も見た事がある。象が芸当をする興行の時は、大夫の象の背中に四角い枠を載せてその上から幕を垂らし、蚊帳を吊った様な事をして象の姿が足や鼻の先だけしか見えない様にしたのを、顔見世に町じゅう引っ張って歩いた。馴れた象だったに違わないが今から考えると、よく警察が許したものだと思う。象の写真も載っていた。狐は雛を横ぐわえにした写真であった。カンガルウもあったがまだ見た事がなかったので珍らしかった。一番仕舞の頁が獏の写真であった。獏は夢を食うと云う事を祖母から聞いていたが、それはただの話しだと云う事も解っていた。しかしどんな動物だろうと云う好奇心はあったのでその写真を一生懸命に見入ったけれど、ライオン以下みんな動物の姿がはっきり写っているのに、貘の写真だけはぼやけていて正体がわからない。何度でも見詰めて判じたいと思っている内に段段わかって来た姿は獣の形でなく、さげる手のついた果物籠の様な物であった。

III

夜半に電気が消えた為、余り暗いので目がさめた。目蓋の上に暗闇の重みがかかって来る様な気持である。寝る時に燈りが煌煌としているのも困るが、少しは明かりが残してないと私は寝つかれない。真暗闇の中で目がさめると、どっちへ向いて呼吸をしていいか解らない様な気がする。その内にうつらうつらして、外に薄明かりが射す頃からぐっすり寝込んだ。朝の夢に昔教えた学生達が独逸語《ドイツ》の芝居をするので私が立ち会っている。平井と早世した森田の顔がはっきりしていた。外題はアルト・ハイデルベルクの様でもあり、それなら昔本当に法政大学でやったのだが、或はライネケ・フックスの狐の裁判の様でもあった。夢の途中で目がさめたら、隣りの朝のラジオから聞き覚えのある管絃楽が聞こえていた。二十何年前の独逸語芝居の開幕前に、頼んで来た近衛の軍楽隊が演奏したオーヴチュアの節だったかも知れない。それが眠っている耳の穴へ流れ込んで古い記憶を引き出し即座に独逸語芝居を組み立てたのであろう。

Ⅳ

高等学校当時の同級の田島が来て山雀《やまがら》をくれと云うので買って来てやろうと思う。同級だったと云うだけで特に親しかったわけでもないのにどうしてそんな古い顔が出て来たか解らない。独逸語芝居よりもう一つ前の夢だと思うけれど、しかし夢の前後はあてにならない。山雀は昔子供の時に飼った事はあるがあんまり好きな小鳥ではない。この頃は小鳥の値段が高い様だから山雀なぞも大変だろう。それに中で宙返りの出来る脊の高い鳥籠を買わなければならない。よく聞いて見ると田島はそれを人にやるつもりなので、親類のおばさんから頼まれたと云うから、それではやってもつまらないと思い、しかしことわるのも六ずかしい様で困っていると玄関に人の気配がするから行って見たら、カンガルウのルウさんと云う法政大学の書記が、お客様の話し声がする様だからと云って遠慮して行ってしまおうとする所であった。引き止めて上がらしたら擦れ違いに田島が出て行って表に停まった細長いバスに乗った。表の道の右手は急な降《くだ》り坂で左手は切り岸を立てた様な登り坂である。幾つも行ったり来たりする細長いバスが、降り坂から逆落しの様に降りて行き、登り坂を鯉の瀧登りの様に登った。手に汗を握る程ひやひやしながら、これは山雀の宙返りに掛けているのだと云う事を夢の中で判じた。

栗鼠《りす》

毎日新聞の特派員の華盛頓《ワシントン》通信に、ホワイトハウスの庭で何百匹の栗鼠《りす》が到る所にとび廻っていると云う記事があったので、見た事のない景色を想像する。子供の時から小鳥や小動物が好きで、いろんな物を飼ったが、栗鼠は郷里の岡山の地方にはいないのか、少いのか、一度も見た事がなかった。中学初年級のナショナルリーダーであったか、ロングマンだったかに栗鼠の事が載っていて、挿絵がついているので、それを見て初めて恰好もはっきりした様に思う。squirrel と云う綴の発音が六ずかしくて読めなかった事を覚えている。発音の事では、私共は高等小学校の三年から英語を教わったのだが、習い始めの当時 Chair をどう読むのか解らなくて予習に困り、夜になってから商業学校へ行っている近所の歳上《としうえ》の人の所へ教わりに行った事を思い出す。squirrel は今でも読み方がはっきりしない。

大正十二年の大地震の頃、方方の小鳥屋で栗鼠を売り出した。どこかで沢山捕えたのを東京で捌《さば》いたものと思われる。珍らしい物が好きなので、小鳥屋の軒先の金網籠の中をちらちらしている見馴れない姿が頻りに気に掛ったが、到頭我慢が出来なくて、牛込若松町の小鳥屋で一匹買った。

思い立ったから買ったけれど、その日は上野の音楽学校へピアノの演奏会を聴きに行く途中だったので、生き物を持って行ったりすれば邪魔になるにきまっているのだが、又今度にすると云う気にはなれなかった。その時分私は小鳥を沢山飼っていたので、家へ帰れば栗鼠を入れる金網籠はある。持って歩く途中だけの事だから、小さなボール函に入れて紐でぶら下げて行く事にした。

小鳥屋の軒先から金網籠を下ろし、その口から小さなボール函の中へ栗鼠を移すのは中中六ずかしい仕事には違いないが、小鳥屋の亭主が又へまで、素人臭い手つきでうろうろしていると思ったら忽ち栗鼠がその手許をすり抜けて表へとび出し、広い往来を横切って向う側のどぶ板の下へ這入ってしまった。おやじが追っかけて行ってどぶ板を取りのけ、浅いどぶの中を逃げ廻っているのをやっとつかまえてボール函の中へ入れた。

私は甚《はなは》だ気に入らなかったが、おやじもむっとしていた。その函を紐でぶら下げて上野へ行った。

演奏中に座席の足許に置いた函の中で、時時かさかさと音をさしていた。狭い中で身体の向きを変えたり何かしていたのだろう。

その時分は学校の先生をしていたので、演奏会には学生を一人連れて行った。それから会が済んだ後、どう云う打合せにしていたかは今思い出せないが、外に又二三人の学生と落ち合い、みんなを連れて小石川水道端の石切橋の袂《たもと》にあった鰻屋の橋本へ行った。

　そこの二階で学生達を相手にお酒を飲んでいる内に、酔が廻ると何だか狭い函の中でがさがさしている様な、いらいらした気持になった。私はお酒の上の癖が悪いと云う事もなかった様に思うのだが、しかし二三のにがい記憶もない事はない。当時は私自身にも家にも憂悶が深かったので、何かのはずみで、特に酔った時なぞは自制を失ったものと思う。橋本の二階で、私は二階を踏み抜く程、どたどたと、何の意味もなく騒いだ記憶がある。騒いだと云うより、あばれたのだろう。下の帳場から文句が来て、それでなお私は気持が荒れた。

　栗鼠に水を飲ましてやれと私が云ったのか、学生のだれかが気を利かしたのか、それは覚えていないが、栗鼠のボール函が下の板場へ行ってた事は確かである。その栗鼠が死んだと云う事を下から知らせて来た。狭い函に入れて持ち廻ったから、死んだかも知れないとも思い、しかし結局鼠なのだから、その位の事で死ぬ筈がないと疑う様な気持もあった。そう云われてから、私があばれ出したのか、あばれているところへ、そう云って来たのか、その前後の記憶はない。

　鰻屋の板場で栗鼠が死んだ話は、ずっと以前に書いたものがあるけれど、もう一度書き直して見た。

お池の亀と緋鯉

お池の亀と緋鯉を御紹介申し上げる。亀は八ついる。初め十四放したのが、その内の二つは各すでに一万年ずつ生きていたと見えて、頻りに岸に上がって甲羅を干していると思ったら、その儘日なたでおとなしくなってしまった。蟻が甲羅の上を越すから、変だと思った。一万年生きたにしては、図体が大きくなかったが、ああ云う動物の年齢は我我の常識では解らない。亀がのろいと云うのは、兎の相手になって陸に上がったからで、水の中にいると非常に速い。寧《むし》ろ兎を水の中に連れ込んだ方がよかった。

緋鯉は六十九いたのが、いくつか浮いて、つまり上がったから少し減った。なぜ上がったかと云えば皮膚病である。これが蔓延《まんえん》すれば全滅のおそれがあるけれど、池が広くて深く、水量が多いから大丈夫だろうと思う。御所の内濠にそんな問題はない。六十何匹の内、半分の三十は一年子で二寸に足りない。彼等が列を作って走るのは、目にも止まらぬ速さで、水の底を火の矢が飛んでいる様である。少し大きい方の仲間には黒い緋鯉もいる。黒い緋鯉は野生の真鯉とは違う。

出て来い池の鯉

私の所に池がある。出来上がって水を入れてから、まだ一年にならない。真中に島があって、ぐるりの水がつづいているから大分広い。水を張った表面の面積が二十坪あるそうで、深さも深い所は大分深いが、脊が立たないと云う程ではない。秋になってから、水が澄んで底が見え出したが、底には一面に青苔が生えている。

池に鯉を入れた。一番初めに当歳即ち一年子の一寸から二寸に足りない位な緋鯉を三十四、次に何年子かの五六寸位の錦鯉を三十四匹。錦鯉と云うのは北陸の方に産する、と云っても金魚屋の丹精でつくり出すのだが、いろんな色の更紗の柄がある。中には殆んど真白なのもいるし、又黒いのもいる。黒くても鯉こくや洗いにする野生の真鯉とは違う。黒い色が、年が経つ程段段濃くなって、何年目かには黒漆を塗った様な色になると云う。私の所にも黒いのがいるけれど、まだそんな立派な色にはなっていない。

三遍目には友人からの贈り物で、一尺前後の大きな錦鯉を二十三匹入れた。それが入梅前だったので、時期はいけなかった様である。

それから一夏越して、又その同じ友人から今度は中の二匹は二尺近くもある様な大きいのを含めて、大体一尺以上の錦鯉を十四貫った。それが四回目で、五回目は今度は緋鯉ばかり、一尺に少し足りない位なのを十五匹入れた。だから最後に入れたのから大小に構わず数だけを点呼すると、30 34 23 10 15で百十二匹の緋鯉と錦鯉が泳いでいる勘定になる。

しかし実はそんなに沢山はいない。魚の死ぬのを上がると云い、小鳥の死ぬのを落ちると云い、郵便配りが死ぬのを行きつくと云う。郵便配達をこう云う所へ引き合いに出しては相済まぬけれど、私が子供の時こんな言葉を覚えた明治三十何年頃の本にそう書いてあった。「郵便ホイ、郵便ホイ、お上の御用で又来たホイ」を云った時分の洒落《しゃれ》なのだろう。

百十二匹の内、どれだけ上がったかは正確にはわからないが、大体二十から三十ぐらいの間だろうと思う。どう云う風になって上がるかと云うに、先ずひれやえらが変な工合になる。金魚屋の話では、鯉の肺病だそうで、その患部がひろがれば皮膚病の様な事にもなる。伝染して蔓延《まんえん》するらしいから、その為にお池の鯉が全滅する事もあるそうだが、私の所の池は広く、水量が多いので、先ず先ずその程度の災害で食い止めたと云う所かも知れない。

庭に出て見ると池の鯉が上がりそうになっているのは実に憂鬱である。あれも変なのではないか、これは大丈夫か知ら、と鯉の姿を追って心配する。すっかり目素姓が悪くなった様な気がした。一番目の時の小さい緋鯉には問題はなかった様だが、二番目の五六寸の錦鯉の中にいけないのがいたかも知れない。続いて三番目の大きな錦鯉を二十三匹も入れて、池の中が一時に賑やかになったと思ったが、同時に段段形勢が悪くなった。それが丁度梅雨前だったので、あの時分に吹く風がいけない。まじと云う名前の風だそうで、その風が吹くと池の中の金魚や鯉が上がると云う事は子供の時から聞いていた。

入梅の雨がざあざあ降っている晩、庭の方で人の足音がする。足早に歩いて来る様で、はっとしたが、音が止まないけれど余り近づいては来ない。変だなと思って窓からのぞいて見ると、庭の電気の真下に一尺ぐらいの錦鯉が泥の上で跳ねていた。水を切って飛び上がった時、目測をあやまって池の岸に落ちたのであった。

梅雨が明けて夏が過ぎて、池の中もすっかり落ちついて来た様であったから、四遍目の錦鯉を十四入れて貰った。すると、どうも新らしいのが這入るといけない様で、今度の中には二尺近いのがいるからそれが池の中で一番大きいが、それ迄いた中で一番大きかったのは虎の様ながらをしていたから、虎、虎と呼んでいたのが、非常に元気だったのに、こつねんとして上がってしまった。人が這入って来たからと云うので自分が死ぬなんて、随分わからない虎だと思った。

族先の宿の庭に池があって、大きな鯉が悠然と泳いでいたのを思い出す。福島の宿屋にも高知の山の上の泉水にもいた。築地の旗亭の池の鯉も思い出す。私の所でもああ云う風に泳いでくれるといいのだが、どう云うものかみんな鉄平石の橋の裏や、にじり口の岩の陰に隠れて、ちっとも出て来ない。たまに人の気配で一匹が逃げ出すと後からいくつもつながって、電光石火の速さでどこかへ行ってしまう。余り速くて目で追う事も出来ない。そうして又別の所に隠れる。業腹だからこの頃は棒を持って行って、彼等が潜伏している所を引っ掻き廻し、あわてて逃げ出した所を眺めてたんのうする。

虫のこえごえ

秋が更けて虫の音も細って来たが、まだ方方で昼も夜も、こおろぎが鳴き続けている。秋雨の降る晩なぞ、彼等は縁の下や庭石の陰や、雨が降っても濡れない所にいるらしいから、却ってふだんより大きな声で、雨に和して、或は雨の音に対抗して盛んに鳴き立てる。

こおろぎを聞いて感慨に耽るのも月並であるが、私が中学生の時、家が貧乏して大きな屋敷の中が急に無人になった。生家は造り酒屋だったので酒倉が幾棟もあり、人が大勢いるから住いの方も広かった。それ迄にすでに傾いた家産で無理をしていたのだろうと思うけれど、最後は酒税の納入が滞って、その為に酒倉に差押えを受けたから、それでお仕舞になってしまった。

秋になって、こおろぎが鳴く時分になると、中学生でも淋しかった。酒倉にはこおろぎが沢山いるものだが、人がいなくなったので一層ふえたかも知れない。晩になると裏の方から、こおろぎの声が、大浪がうねる様になって聞こえて来る。何千匹か何万匹かが、同じ様な節で一緒に歌うから、小さな虫の声とは思われない。

裏の倉ばかりでなく、私共が寝ている母家の縁の下にも沢山いるらしく、夜が更けるに従って、倉の方の合唱と張り合う様に、縁の下の声も段段大きくなり、高くなり、声のかたまりが、ぎんぎん光っている様な気がする。

夜明け近くふと目がさめると、縁の下のこおろぎの声の為に、空き家の様になった大きな家台が、ゆさゆさ揺れているかと思われた。そこへ遠浪の様な倉の声が寄せて来る。八釜しい程の虫の音の中で、しみじみ淋しいなと思った。

その後何十年、それ程のこおろぎの声を聞いた事はない。東京に住んで大地震の何年か前に、小石川の目白台にいた時分、鬼子母神のお会式《えしき》が通る前後には、そこいら一帯が虫の声で海の様になったと思った事はあるけれど、それは広い所で一帯に鳴きしきっていると云うだけで、お互の声が一つの浪の様にかたまって聞こえた昔の趣とは違う。

年年同じ音色の同じ節のこおろぎを聞いて来たが、戦後はＤＤＴの為ではないかと思う、一二年の間こおろぎの声が随分まばらになった。或は空襲の火事の時、こおろぎの子が焼かれたり、卵が蒸されたりして沢山死んだのではないかとも思われる。

それが去年あたりから大体もとに戻った様で、家のまわりの方方で昔の通りに鳴き出した。

えんまこおろぎと云うのは普通のより大ぶりであって、全体が黒褐色で油を塗った様にぎらぎら光っている。非常に好い声をして鳴くので珍重するが、田圃《たんぼ》には沢山いるけれど、町中では滅多に聞かれない。昭和十年頃の事だから物の値段が今とは丸で違っていたが、小鳥屋からえんまこおろぎを取り寄せたら一匹十五銭であった。

そのえんまこおろぎが、敗戦後の食べ物がなくなった当時、どこの家でも空地に菜園をつくる様になると、卵が苗の土にでもついて来たのか、その秋は方方でえんまこおろぎが鳴き出した。いい工合だと思ったが、えんまこおろぎは菜園物の根を食い荒らすと云うので、人人は目の色を変えて追い廻して殺した。

秋に鳴く虫にはその外、鈴虫、松虫は別として、邯鄲《かんたん》、草ひばり、鉦《かね》たたき等がある。邯鄲は野生のは聞いた事がない。虫籠で飼うのだがもう十年以上も飼わないので、どんな声でどう云う節で鳴いたかと云う事を、本当に聞いている様な気持で思い出す事が出来ない。

草ひばりはどうかすると家の庭でも鳴いている。小さな南京玉をつづった様な、或は南京玉のめどの孔を吹いている様な微かな声でぴりぴりと鳴き続ける。その声に耳を澄ますと、外の大きな荒荒しい物音は何も聞こえなくなる様な気がする。

鉦たたきは矢張りこおろぎ科の虫だが実に小さい。夢の様に小さい。今年も家のまわりで頻りに鳴いた。ちんちんちん、ちんちんちんと澄んだ美しい声で鳴く。拍子も一定している様で、どの虫でも、あっちで鳴いているのも、こっちで鳴いているのも、その音のテンポに狂いはない。こおろぎの鳴き声にまじって鳴く。微かな聞き取れない位の声だが、それでいて周囲の騒音に消されると云う事はない。秋の旅行で暮れかけた汽車が山裾を通る時は、轟轟と鳴る響きの中に、鉦たたきのちんちんちんと澄んだ声がはっきり聞こえて来る。

家にいてそのちんちんちんと云う声に耳を澄まし出すと、暫らくは何も考えられなくなる。一しきり鳴いては一寸間を置いて又鳴くと云う風なので、ついその次を待つ気になり、急ぎの仕事もその為に頓挫し、どうかするとその儘気が抜けてしまうと云う事もある。

鯉の子

今年の初夏肥後の八代《やつしろ》へ行って、定宿《じょうやど》の松浜軒に泊まった。領主様のお下屋敷だったそうで門の扉に乳鋲《ちびょう》が打ちつけてある。広いお庭の半分以上が池で、水の面は暗く、昔は赤女ヶ池と云ったと云う。

泊まった翌くる日の朝、同行の甘木君はお池のまわりを歩いて来たらしい。水際の岸の所に小さな魚がいると云った。私も庭下駄を突っかけて見に行った。

池の縁にしゃがんで足許の水面を見つめると、縮緬皺《ちりめんじわ》の様な漣《さざなみ》に乗って妻楊枝《つまようじ》の半分位の小さな黒い魚が、群れを成して泳いでいる。中のどれか一つが先に立つと、みんなその後に続いて列をつくって泳いで行く。あまり沖の方へは出ない様で、水際ばかり伝っている。非常に可愛くて、いつ迄見ていても見飽きがしない。

八代《やつしろ》の赤女ヶ池の縁にしゃがんで東京の私の家の池を思い出した。私の所の池は勿論こんなに大きくはないが、水の表面は二十坪ぐらいあって緋鯉や錦鯉が沢山いる。うちの池にも子が生まれているかも知れない。帰ったらのぞいて見ようと思った。

二三日して東京へ帰って来た。帰った日は晩だったので翌くる日を待って早速庭の池を見に行った。あっちこっちの縁にしゃがみ込み、目を据えて一生懸命に水の中を見たが、それらしい物はなんにもいない。水すましが水面をちらちらするばかりである。赤女ヶ池などと違い、底に鉄筋を入れた混凝土《コンクリート》の池だから、こう云う所では子供は育たないのだろうと諦めた。

それでもう魚の子の事は忘れていたところが、それから一月ぐらい経った或る日、家内が毎朝の日課にしている鯉の餌をやりに行った時、気がついて見ると鯉の子が生まれていたと云った。あっちに一かたまり、こちらにも一かたまり、方方にいてみんなでどの位いるか迚《とて》もわからない。あんまり小さいので毎日餌をやっていても解らなかったのだろうと云う。

すぐに行って見た。池の縁にかがみ込み、水面から少し下の所を見つめると、八代《やつしろ》で見たのよりまだ小さい、夢の様な魚が沢山いる。どの位いるかと云う数は数えられない。大体黒くて中に赤いのもいるが、赤くても黒くてもその色は曖昧で身体全体が半透明である。そうして頻りに動き廻る。心許《こころもと》ない様でもあり生意気の様でもあり、小さな胴の割りにすると頭ばかりがどれもこれも大きい。卵からかえってまだ何日も経たないのだろう。

水面に梅の落葉が浮いている。こちらで少しでも身体を動かすと、みんなが揃ってその落葉の下に這入ってしまう。葉の陰に隠れると云うつもりらしい。暫らくすると又出て来てそこいらを泳ぎ廻る。そこいらと云っても範囲は極く狭い。遠くへ行く力はなく、池の縁から余り離れて沖へ出る勇気もないらしい。

その一かたまりを見た上で、場所を変えて又しゃがんで見るとそこにも別の一団がいる。矢張り人の足音を聞くのか影が射すのか知らないが、みんな急いで浮いた落葉の下に這入ってしまう。中には少し大きいのもいる。燐寸《マッチ》の棒の半分位に育っていて、頭でっかちでなく、魚の恰好が出来ているのもある。少し前に卵からかえったのだろう。

池の壁《へき》が混凝土《コンクリート》だから魚は生まれないかと一時は思ったが、こうしてあっちこっちに幾かたまりも生まれて泳ぎ廻っている事から考え直して見ると、混凝土《コンクリート》ではあるが、この池を掘ってからもう何年も経つので、その壁《へき》に一面の苔が生えている。又底にはいろんな物が沈んでいるから親が卵をひり附けるには差し支えなかったのだろう。私の所の池も少し古くなって、自然の池に成りかかっていると思う事が出来る。

池には鯉しかいないから、生まれた子供はみんな鯉の子である。人が知らない内に生まれたので、つまり自然に生まれたのだから、ほっておけばひとりでに育つだろう。こちらから干渉しない方がいいかも知れない。尤《もっと》も今いるだけのごみの様な小さな魚が、みんな育って大きくなって、二尺になり三尺になりしたら池の中が一ぱいになってしまうだろう。そうなっても困るけれど、彼等には淘汰と云う事がある。この池に適するだけの数で生長するに違いないから、その点は自然の池に成りかかっているこの池に任せておく事にする。

子供の為の餌を考えてやるのもよす事にした。小さな鉢なぞに飼っているなら微塵子《みじんこ》を入れる事も出来るけれど、広い池の中では微塵子を放っても彼等はそれを追っ掛ける事が出来ないだろう。従来親の鯉に与えている餌は米利堅粉《メリケンコ》に削り節をまぜたのを卵でとじた団子である。それを少しやわらかくして与えようかとも考えたが、団子は水の底に沈んでしまうので、彼等にはその餌まで深くもぐる力がないだろう。

夢の様に小さかった鯉の子も日に日に目に見えて大きくなり、ちゃんとした魚の形になって来た。その後から又生まれたのもある様で、方方のかたまりの中に大きいのや小さいのが出来て、それがその儘一団をなしている。

大変な大雨が降った晩があった。もとは、私の家はまだ古くないのに雨漏りがして、所所にバケツや雑巾を置かなければならなかったが、先年屋根をトタン張りに直してから、もうその心配はなくなった。沛然《はいぜん》と屋根を敲く雨の音を聞きながら池の鯉の子がさぞ喜んでいるだろうと思った。

雨が降れば池の水位が上がる。つまりそれだけ池が広くなる。大分育って少し生意気な恰好になっている子供は、新らしい水面に近く浮いて泳ぎ廻り、はしゃいでいるだろう。

翌くる日は雨が上がってお午まえから上天気になった。池の水位は満水よりまだ高くなっている。向う側の岸の一部に鉄平石を敷いた所があって、そこがひたひたになれば満水である。ところがその上まで水がかぶっている。だから池の水面が一層広くなり、自分の所の池を見違える様である。

しかし満水以上になった水は、水抜きの小さな小川の口から出て行く様になっているので、時間がたてば鉄平石は水面に露出する筈である。後になって庭に出て見たら、もう水が退《ひ》いて鉄平石の面に日が当たっていた。白く乾いた所に何か落ちている様なので屈んで見ると、可愛い鯉の子が三四千からびているのであった。そこに上がって遊んでいる内に、水が無くなって帰れなくなったのだろう。

いたちと喇叭《らっぱ》（抄）

一　鼬《いたち》の道切り

空襲の焼夷弾で焼かれる前の私の住いは、裏庭が大屋の前庭に続いていた。大屋の玄関口が私の住いの裏にあったので、その玄関前の庭の一部を区切って借家の庭にしたのである。

だから目かくしの屏はあっても、庭は続いている。桜や桃が散った後の季節になると、その庭にいろんな花が一時に咲き乱れて、爛漫と云うよりは滅茶苦茶な、気が違った様な花盛りになる。一番多いのは椿であって、咲いた先からじきにぽたぽた落ちる。幾日か後にはどの花もみんな散ってしまい、燃え立った様だった枝が暗くなって地面が急にきたなくなる。

その時分の或る日、家にいてぼんやり庭を見ていると、右手の方から地面の黒い土の表がずれて行く様に何か動いて来た。

鼬《いたち》の大群である。何十いるか何百いるかわからない。頭を同じ方に向けて、隙間もなくくっついて、かたまって、するすると移動して行く。見ている目の先の庭を斜に横切り、隣りの広いお屋敷の境の塀の陰に消えて行った。塀の裾に隙間か穴があったのだろう。

集団の最後が行ってしまって、また庭の土の色が見え出した時、何かほっとした気持がした。鼬が通っても別にこわくはない。又明かるい昼間だから、別に無気味と云う事もない。

しかし、ふだん見馴れない鼬があんなに群れをなして目の前を通り過ぎたのは、どう云うわけだろう。恐ろしくもなく、ぞっとしたわけでもないが、後に何だかいやな気持が残った。

その時分には、もう燕《つばめ》が渡って来ていた。近くにはお濠もあるし、土手もあるし、又表の往来もこの頃の様にすっかり鋪装されていたわけではないから、道ばたに泥の所もあった。

その上、あれはどう云うつもりだったのか、私の所の前など、歩道は一尺角ぐらいの四角い混凝土《コンクリート》の瓦できちんと敷き詰めてあったのを、勤労奉仕団の中学生を使って、すっかり掘っくり返してしまった。

だから私共はみなその掘り返した後の歩道に菜園《さいえん》をつくり、不自由だった食糧の足しにした。

町中の道ばたに畑があるのも、渡って来た燕には都合がよかったであろう。歩道の露出した土の上に燕が降りているのをよく見受けた。

或る日の午頃、私の家のすぐ近くの、麴町四番町、今は日本テレビが出来ているあたりの空に、どこから飛んで来たか、数千羽、或はもっと多かったかも知れないが、突然燕の群れが集まって段段に数を増し、天日為に昏《くら》しと云う様な物凄い事になった。

空で燕が何をしているのかわからないが、交歓ではないらしい。喧嘩或は戦争の様である。なぜそんな事になったのか、何かの前兆か。瑞兆《ずいちょう》か凶兆か。田舎の町で育った子供の時以来、年年燕には馴染みがあるが、お城の鴉と山の鴉とが空で争っているのは見た事があるけれど、燕の喧嘩は見た事がない。第一こんな大群、大集団の燕を想像した事もない。

近所の人人、通り掛かった通行人もみんな空を仰いで不思議がった。その内何かの切っ掛けで天をおおった黒い群れが散り始め、忽ちさっと消えた様にいなくなって、もとの青空に返った。

燕と云い鼬と云い、なぜそんな事があったのか、わからない。間もなく辺り一帯は焼き払われ、鼬の走った地面には真赤に焼けた柱や屋根がかぶさり、燕の集まった空には、大きな火柱がきりきり捩《ね》じった様に巻き上がった。

二　河童と雷獣

昔、生家の中庭に浅い泉水があって、祖母が金魚の和蘭獅子頭《オランダししがしら》を七匹飼った。わざわざ店の者を遠くの金魚屋までやって糸蚯蚓《いとみみず》を買って来させて与えたり、蟹の甲羅の裏側を歯ブラシの毛で洗って身を落としてやったり、非常に気を遣って大事にしていた。或る朝七匹の内の一匹がいなくなったと云って騒ぎになった。池の縁に近く泳いでいる所を、猫が手を入れて引っ掛けたのではないかと云っていた。

ところがその次の朝になって、祖母が目の色を変えて云うには、昨夜、夜なか頃、庭の泉水のあたりで、カチカチ、カチカチと云う音がした。あれは鼬《いたち》が歯をたたく音だ。金魚を取ったのは猫ではあるまい。鼬が目をつけたとすると、ほっておけばみんな食われてしまう。外へ移す場所もないし、夜通し起きてもいられないし、どうしよう、どうしよう。

酒屋の商売をしていたので、店にいろんな人が来る。その中のだれかが、それは鮑《あわび》の貝を泉水に沈めて、水の底からあの青光りがきらきら光る様にしておけばいい。鼬は青光りを恐れるから近づかないと云った。

どうして鮑貝を集めたか、いい工合に食べた後の殻が家にあったのか知らないが、その日の内に鮑貝を幾つも泉水の中へ沈めた。縁側から見ると、水の底で貝の裏が青くきらきらと光っている。

それでもう大丈夫かと云うと、そうではなかった。翌くる朝になって見ると、また大事な和蘭《オランダ》獅子《しし》頭《がしら》の数が足りなくなっている。

そうして到頭半分以上も食われて、後はどうしたか覚えていないが、大事に飼っている張り合いもなくなったのだろう。しかし果して鼬の仕業《しわざ》だったのか、どうか、それもわからないが、酒屋だったので酒倉が列《なら》んでいて鼠が沢山いたから、鼬も何匹かいたかも知れない。

町内に大きな魚屋があって、魚屋と云っても店に魚を列べているわけではない。御主人は市会議員で家の構えも広く、裏に大きな倉があった。

その倉の中に仕掛けてあった罠《わな》に貂《てん》が掛かって捕れたと云うので、近所じゅうの評判になった。

貂は鼬に似ているが、鼬よりは遥かに大きい。似ていても別の物なのだが、鼬が劫《こう》を経て貂になると思われている。そんな獣がなぜ町家の倉の中なぞにいたのかわからない。

みんなが見に行った。私も行って見せて貰った。急ごしらえの檻の中にいる。猫をつぶして細くした位の大きさで、何だか凄い目をしていた。

岡山にも招魂社があって、毎年四月二十六日が招魂祭であった。ところが年年きまってその日は雨が降る。涙雨だろうと云った。それでその日をずらして幾日か後の日取りに変えた。その繰り下げた日が何日であったか忘れてしまったし、又今はどうなっているのかも知らない。

二十六日の雨の降らない年であったか、繰り下げた当日であったか判然しないが、私も招魂祭へ行った。招魂社の前の広い大道《おおみち》には両側に小屋掛けの見世物や女剣舞や覗《のぞ》きからくりなどが掛かって、じゃんじゃん、どんどん囃《はや》し立てる。

こっちから行った右側の小屋に、河童の見世物が掛かっている。珍らしいから木戸銭を二銭払って這入って見た。

大道《おおみち》の辺りは町外れになっていたので、家が立ち列んでいるわけではない。道の両側には青草が生えている。小屋はその上に杭を打って幕を張っているので、木戸を這入った中は草地である。

青草の上に鏡を抜いた四斗樽を据え、縁から溢れる程水を張って、水面に青草の葉が一ぱい浮かしてある。だから樽の上から覗いても水の中に何がいるかわからない。目附きの凄い人相の悪い口上言《こうじょうい》いの男が樽のわきに立って、這入って来る見物のお客をじろじろにらんでいる。

お客が幾人かたまるのを待って、口上言いが一足前に出た。みんなの顔を見廻して何か云い出したが、ひどい訛《なま》りで何を云っているかわからない。よそから来た渡り者の香具師《やし》なのだろう。

　河童の事を岡山の方では「ごうご」と云う。又どこかの地方では「があ太郎」と云うそうだが、今、口上言いの男は四斗樽の前で更《あらた》まった姿勢になり、皆さんよく目をとめて御覧《ごろう》じろ、と云った様である。

　同時に大きな声で、呼び寄せる様な口調で「かあたろう」と呼んだ。

　途端に四斗樽の水の底から、黒っぽい西瓜《すいか》の尻の様な物が、グヮバッと水音を立てて浮き上がり、水面に浮いている草の葉を散らかしたが、あっと思う間もなく底に沈んでしまった。

　樽の水がこちらへ跳ね返る様な勢であったが、沈んだ後はもう何事もない。口上言いが「先客様お代り」を宣言して、私共を外へ出してしまった。

　樽の底から何が水を飛ばして浮き上がったのか、昔見た時に不思議だった儘で今以ってわからない。

　河童の小屋を出て、大道《おおみち》をぶらぶら歩いていると、向う側の大きな小屋の看板が目についた。

　黒雲が巻いて稲光りが走っている中に、恐ろしい恰好の獣が目をむいている。雷獣の見世物である。

木戸口に起って看板を見ていると、木戸番が頻りに「入らっはい、入らっはい」と呼び立てる。「熊山の山奥にて生け捕ったる希代の怪獣」だと云う。

熊山と云う名の駅が今は山陽本線の岡山から東へ四つ目にあるが、その時分にはなかった。吉井川の東側にあって大分深い山である。その山奥に棲息したる怪獣だと云う。雷獣と云う名前は聞いたが見た事はない。木戸銭を払って中へ這入った。

河童の小屋よりは大分ちゃんとしている。前側と両横に丸い丸太の手摺りをめぐらし、その中に高い台を据えて、鉄格子の檻が載せてある。しかし構えは物物しいが、その檻が一つだけで外に何もない。普通の見世物は、見せるのは雷獣一匹だけでも、取り合わせに鎖でつないだ猿がいるとか、木戸口の看板の下には撞木《しゆもく》にとまった鸚鵡《おうむ》が列んでいるとかするものだが、そんなものは何もいない。だから中へ這入ると、いきなりその一つの檻の前に起つ。思ったより小さな獣が一匹、檻の中をうろうろしている。

おかしいな、と思い掛けた。

だれか私のそばに来て、耳の後ろから、「栄さん、ようこそ。これはあれです、あの貂《てん》です」と云った。

町内のどこかのおやじだった様で、だから、そうだけれども、黙っていろと云う事だったらしい。

熊山の雷獣は魚屋の倉の貂であった。招魂祭を当て込んで一儲《ひともう》けしようとたくらんだ思いつきだが、しかし貂を空想上の動物雷獣に見立てるのは古くからの事だった様である。

三　護謨《ゴム》の葉

鼬の大群が庭先を走り過ぎたり、燕が空で入り乱れて戦争したり、変な事ばかりあった頃、赤坂のどこかにいる女の人から、女名前二人の連名で、私に何かくれる物があるからそれを持ってお伺いすると云う通知を受けた。

そう云って来た日に玄関へ現われた。二人連れで、どちらも未だ若い。手に持った風呂敷包みをそこへ置いたが、何だか変な工合で、おかしいなと思ったら、ほどいた包みの中から兎が出て来た。籠の中に二匹いる。二羽と数えるのが正しいのだろう。

白兎である。つまり飼い兎なので、私は余り好きではない。赤い目と口のあたりの工合が面白くない。

どうするのだと聞くと、差し上げるのだと云う。なぜ僕に生きた兎をくれるのかと問い詰めても要領を得ない。面白そうに二人でけらけらはしゃいで帰って行った。

もういろんな物が大分不自由になっていた時分だから、使い様によれば兎だって役に立ったかも知れない。しかしいくら何でも白兎を殺して食べる気にはなれない。

白兎を食べた事はある。大分前に神田須田町に兎料理の店が出来た。物好きだから出掛けて見た。兎料理と云うのだから猟で捕った野兎を食わせるのだろうと自分で独りできめて行ったのだが、そうではなく、まだ生きている白兎が店の隅にいくらもいる。白兎を食うのは余り気持がよくないが、折角やって来て、もう腰を掛けたのだから、我慢する事にして兎のビフテキと云う事はないが、うさテキを註文した。

食べられない事はないが、ちっともうまいとは思わなかった。臭みはなかったけれど、味がどうこうと云う前に、気味が悪いのを我慢したのだから、二度とその店に行く気はしなかった。

しかし知らずに食ったり、食わされたりした事はあるに違いない。昔の早稲田の終点に近い橋の袂《たもと》に兎屋があって、よく店先の日なたに立て掛けた張り板に、剝いたばかりの白兎の毛皮を貼りつけていた。

その向い側は蕎麦《そば》屋で、何度もそこの鴨南蛮を食べたが、邪推すれば兎南蛮だったかも知れない。

飼い兎でない、狐色をした野兎はそのつもりで食べた事がある。生家から少し離れた所に私の家の藪があって、倉の者が筍《たけのこ》を取りに行ったら兎がいたからつかまえて来たと云う。どうやって捕えたのか知らないが、持って帰った時は死んでいた。

家の中で牛肉は食べてはいけない事になっていたのに、兎は構わなかったのだろう。兎は鳥だと云う事になっている。

だれかが料理した。少し臭みがあった様だが、何しろ珍らしいのでおいしく食べた。

しかし白鼠を大きくした様な白兎を、しかも生きているのを殺して食うなぞ思いも寄らない。折角赤坂から持って来てくれたが、それではどう始末すればいいか。

考えて見たが分別はない。

明日になってから何とかするとして、持って来た二人はもう帰ってしまったのだから、この儘にしておこう。ただ兎は二羽ぎゅうぎゅうに果物籠の様な物の中に詰められているので、それでは可哀想だから、籠から出して玄関のたたきの上に放してやった。水を与えて上がり口の障子を閉め切って、どこへも行く所はないから明日の朝までそうしてほっておく事にした。

玄関は狭い。狭いたたきの上に鉢植えの護謨《ゴム》の樹が置いてある。そんなに大きくはなかったのに、日当りがいいのが気に入ったのか、ぐんぐん伸びて、小さな植木鉢の中で人の脊丈ぐらいに成長した。

兎を放った玄関に護謨《ゴム》の鉢植えがある事は初めからわかっていたが、護謨の樹と兎を結びつけては考えなかった。

翌くる朝起きて見ると、兎は無事に元気に動き廻っているが、驚いた事に護謨の大きな厚ぼったい葉を、根元の方から兎が脊伸びして届くぐらいの所まで、鋏で剪り取った様に綺麗に食ってしまった。

護謨の葉からは、ねばねばした黐《もち》の様な汁が出て、さわれば絡《から》みつく。兎はそんな事に構わず夜通し掛かって食ってしまったのか知ら。それ程大事にしていたわけでもないが、こんな風来の兎などに裸坊主にされては護謨が可哀想である。

この兎をどうしようと思っている所へ、いい工合に若い者が来たので、頼んで、よこした葉書の所書きを頼りに赤坂へ兎を返しに行って貰った。

暹羅《シャム》の闘魚

○

暹羅《シャム》公使の夫人の弟が私の学生だったので、彼から暹羅土産の闘魚を二匹貰った。一匹ずつ別別の器に入れてあって、二匹を一緒にしてはいけません、離しておかないとすぐに喧嘩をして、相手を殺してしまいますと云い添えた。

金魚の様に綺麗な小魚で、派手に尾鰭《おひれ》をひろげてひけらかし、中中の伊達者《だてしゃ》である。今までに見た事もないし、又滅多に手に入らないだろう。気をつけて大事に飼おうと思う。

一緒にしてはいけないと云うから、別別の容器に入れて縁側の板敷に置いた。一つは普通に金魚を飼う深目の硝子壺《ガラスつぼ》で、もう一匹の方は、硝子鉢は一つしかなかったから、水汲みの小さな手桶に入れた。

その二つを並べて、時時上から覗き込み誇らしい姿に見とれて楽しんだ。

ところが、次の日も無事に水の中を泳いでいるのを見て闘魚の壺から目を離した後、暫らくして縁側に出て見ると、二匹とも自分の水の中から出て、板敷の上で乾いた様になっている。お互いに食っついて重なり合っているから、多分、水のない所で喧嘩をしたのだろう。乾いて死んでいるので、もうどうする事も出来ない。

しかし小さな魚の恐ろしい闘魂に驚いた。喧嘩の相手がいると知ったら、水から出てでも闘わずには済まさない。仮りにその喧嘩に勝っても、敵を倒した後、もとの自分の水に還る事は出来ないだろう。そんな事は考えない。そう云う打算はない。ただ敵を倒すだけがこの小さな魚の目的なのか。それにしても隣りの壺に自分の敵がいる事をどうして知ったのだろう。一方は手桶なのだから、その中は横からは見えない。手桶の中の魚が硝子壺の中を感じたのか。硝子壺の魚が手桶の中を透視したのか。隣りに敵がいる事をどうして感知したたか。一匹がもう一匹の方へ這入って行ったのならまだしも、両方が揃って水から出て相闘ったのは到底わからない。隣りに敵がいる気配は、お互の容器の置き場所が近かったと云うだけで、闘魚の本能に触れたのであろうか。

○

上野の百貨店の屋上庭園で蘭虫《らんちゅう》の子を売っていたから、五匹買って来た。二歳の子らしく、一寸に足りない。しかし蘭虫は金魚の中の一番高貴な種類であるから、小さくても値段は高い。高貴なものが高いのは当然である。それで奮発して買った。当時の私の住まいは合羽坂で、上野からは大分遠い。市電で乗り換えたり、混んで押されたりしては蘭虫が心配である。広小路からタクシーに乗り、座席に掛けた腰を少しばかり浮かせ気味にして、手に持った蘭虫の容器に、自動車の震動が直接伝わらないよう気を配った。持ち運ぶ為の容器だから小さい。衝撃を受ければ蘭虫は鼻を突くだろう。金魚は鼻を突けばじきに死んでしまう。鼻は金魚の急所《きゅうしょ》である。自動車ががたがたと揺れる度に、その震動を私の手で消す様に気を遣い、お蔭で腕の附け根から先が棒の様に草臥《くたび》れた。

無事に家まで持ち帰って、大分大きな伊部焼《いんべやき》の鉢に移してやった。上から水の中を泳ぎ廻る姿を見るに、流石《さすが》に蘭虫だけあって、実に優美である。一緒に買って来た餌を与えて鉢の側を離れた。

翌日、その中の一匹が上がった。

小鳥の死ぬのを落ちると云い、金魚の死ぬのを上がると云う。

それは止むを得ない。そもそも蘭虫は弱い金魚である。

その翌くる日伊部焼の鉢をのぞいて見ると、又一匹上がっていた。これも仕方がない事で、大体蘭虫は飼いにくく、育てにくいと相場がきまっている。それだからこそ蘭虫は趣きがあるので、この節魚屋の店先でついでの片手間に売っている駄金など、容れ物を持って行かなくても、買った煮ざかなの切り身に添えて、生きた金魚を経木にくるんでくれる。家に持ち帰ってから水に放ってやれば、それでぴんぴん生きている。鼻の急所も何もあったものではない。そんな駄金と蘭虫とはわけがちがう。

その次の日も亦《また》上がっている。鉢の中が大分淋しくなった。毎日一匹ずつときまってはいないので、二匹の日もあったか知れないが、兎に角四五日の内に、鉢の中には蘭虫が一匹もいなくなった。つまり、みんな上がってしまったのである。

流石は蘭虫なるかな、と感これを久しゅうした。だから蘭虫は飼いにくい。飼いにくいと云うのは、粗末には生きていない事を意味する。魚屋の店頭の金魚とは事がちがう。百貨店も信用を重んずるだけあって、お客に純粋種の蘭虫を売ったと感心した。

〇

金魚に限らず、小鳥でも趣きのある鳥ほど飼いにくい。それを飼うのでなければ面白くない。

私もいろんな鳥を飼ったが、その中で昔から「冬は必ず落つ」と云われた葦切《よしきり》を、七年間飼い育てた自慢もあるが、小葦切《こよしきり》には失敗した。手に入れて間もなく、簡単に落鳥した。

小鳥を飼う技術も段段進歩する様で、私が小鳥に夢中になっていた当時は、鶺鴒《せきれい》を飼うのは至難とされていたが、この頃では少し気をつければ飼えない事もないと云われている様である。

その鶺鴒《せきれい》にも私は失敗した。

音羽の通にあった小鳥屋で鶺鴒の雛に餌を差して育った事を知り、もう少し大きくなったら買いたいと申し入れ、その雛を予約した。何羽いたか忘れたが、私が譲り受ける事にしたのは一羽ではない。

漱石先生のお達者な時で、私は木曜日の晩に、近近鶺鴒を飼いますと自慢した。

漱石先生は小鳥には丸で素人で、名文の「文鳥」も、鳥飼いの側から見れば、つまり文鳥の飼育報告書としては、先ず落第と申す外はない。

その漱石先生が私の鶺鴒の話に何だか非常に興味を持たれて、私の飼った鶺鴒が私の籠の中でピョイピョイと尾を上下に振っている情景を想像されたらしい。

書斎の本棚の裾にある小判形の白い瀬戸の水盤を指して、あれを君に上げるから持って行きなさい。ついでにその傍にある盆石もやる。水を張って君の鶺鴒を遊ばせなさい、と云われた。

思い掛けない戴き物で非常にうれしかったが、水盤の上からかぶせるには大振りな鳥籠が必要である。しかし鶺鴒はまだ雛であるから、大きく育つ迄に註文して造らせればいい。そう思って、又その事を先生にもそう云って、大喜びで家に帰った。

何日か後に、鶺鴒の雛をその小鳥屋から引き取ったが、私の手にはおえなかった様で、じきに雛の儘で死んでしまった。

鶺鴒には黄鶺鴒と背黒鶺鴒とがあるが、そのどっちであったか、記憶がはっきりしない。まだ羽根の生え揃わない雛だったので、目で見た記憶もない。

漱石先生には申し訳ない事になったが、鶺鴒の雛を育てるのが六ずかしい事など、先生にはおわかりにならない。六ずかしければ六ずかしいなりで、戴いた水盤と盆石だけが私の机辺に残った。

◯

郷里岡山の大雲寺町に日限《ひぎ》りのお地蔵様があって、縁日には夜店が出たり、見世物の小屋が掛かったりする。

大きな筒の様になって立ち騰《のぼ》るお線香の煙のにおいが、表の往来まで流れて来る。その往来に面して、お寺へ曲がる角になった店に、いつでも独楽鼠《こまねずみ》を売っていた。

もともと何を売る店なのか知らないが、中は薄暗くて、黒土の土間が広くて、陰気な構えであった。鼠屋と云うわけではないのだろう。独楽鼠を売るのは、縁日の人出を当て込んだ商売だと思われる。

独楽鼠と南京鼠との区別は、私にはよくわからない。どちらも人の親指ぐらいの小さな鼠で、毛は真黒で目は紅《あか》い。そこの店では、お椀を少し大きくした位の金網の筒をかぶせた中に、独楽鼠が一匹ずつ入れてある。非常な速さで、目まぐるしく、その狭い中をくるくる、くるくる馳け廻っている。

どうも私はそう云う小さなものが好きで、見て通り過ぎるわけには行かない。いくらだったか忘れたが、非常に高かった。又その店に白い南京鼠もいた。この方は金網を張った木箱の中に何匹もいて、その中に仕掛けた小さな車の内側に乗り、自分の重みでくるくる廻っている。

白い方は余り高くはなかった。

家に持ち帰ってからも、一生懸命に車を廻している。動作は余り敏捷ではない。箱の外へ摘まみ出しても、どこかへ走って行く事はしない。置かれた場所にしがみつく様にして、小さな腹を畳につけ、ぶるぶる小刻みにふるえている。

手の平に摘まみ上げると、それだけ高くなったのが一層こわいらしく、がたがたふるえて、手の平に温かい小便をする。

どんなにいじくっても、尻尾で吊り上げても、人の指に噛みつくなどと云う事はしない。ただ一刻も早く離して貰いたいと念じている様である。

だから白い方はおもちゃに持って来いで、飼うにも手間は掛からない。水を切らさない様にして、粉米を与えておけばいい。

そうしてじきに子供を産んだ。

鼠の子は赤裸で、可愛い物ではない。

ところが気がついて見ると、初め何匹いたか、はっきりしないが、親がその子を片っ端から食い殺している。殺すのが目的ではなく、食ってしまうのである。

すっかり興がさめて、白い南京鼠を飼うのがいやになった。しかし悪かったのはこちらである。お産の後に必要な栄養を与えなかったのがいけない。それはそうだが、思い出しても気持が悪い。

物を貰う

おとなと云うものは馬鹿である、と私自身が大きく成長してから、更《あらた》めて考えた。私は造り酒屋の一人息子で、万事我儘《わがまま》放題に育てられたらしいが、そんな一般の事は別として、幼い頃のおもちゃの中で牛が好きであった。丑歳の生れで、丑の歳であったので、おとな達の方で子供の私に牛を当てがったから、わけもわからず牛が好きになったのだろう。

ありありと記憶に残っているのは、京都の北野の天満宮の土焼の黒牛である。何でも大きいのと小さいのと、大小揃っているのが好きだったので、枕くらいの大きさの黒牛と、親指程の小さな黒牛と、それを並べてよろこんだ。

だれかが京都土産に黒牛の玩具をくれる。それを列《なら》べて遊んでいるなら、それでよさそうなものが、おとな達、父母はこれを以って足れりとせず、私即ち栄造の栄はあんなに牛が好きだから、おもちゃでなく本ものの牛を連れて来てやったら、さぞよろこぶだろうと云う事に衆議一決したらしい。

酒屋だから、酒造米を作る田地がある。そこの小作人に命じて、大きな牛を一頭牽《ひ》いて来させた。田地の在る所から、町なかの私の家までは二里ぐらい離れている。牛はなんにも知らないからめえと鳴いて、百姓に連れられぽそぽそ歩いて来たのだろう、牛歩蹣跚《まんさん》、半日は掛かったのではないか。

私のところは広い。小作地から来た牛が、仮りの住居とする牛小屋を造る程の余地はいくらでもある。倉と倉の間の片ひさしの下に忽ち牛小屋は出来た。それは勿論牛が来る前から用意したのだろう。しかし肝心の当の栄造の私には何の興味もなかった。牛が来てその小屋に這入り、太い声でもうと云ったのは覚えている。しかしちっとも面白くも何ともない。おとなが、そら牛だ、本ものの牛だ、生きた牛だとはやし立てても、北野の天満宮様の大きな黒牛と小さな黒牛を並べた程の興味はない。生きた牛は糞を垂れる。一日や二日はいいけれど、万事潔斎《けっさい》の酒屋の居候としては迷惑である。

又小作地へ返す事になったのだろう。再び同じ田舎道を牛歩蹣跚、たどり著いてもとの牛小屋に戻った後は、私などの知った事ではないが、それ御覧、おとな達の馬鹿騒ぎに終って、栄の情操教育の一助ともならず、動物愛護の精神涵養に寄与するところも無かった。

話がずっと近くなって、戦争に負け、家が焼き払われた。丸三年焼け跡の掘立て小屋で暮らした後、今の住居に落ちつく事が出来た。家は成る可《べ》く小さくし、庭を出来るだけ広くした。樹を植え池を掘り、頤《あご》を撫でてよろこんだ。

私の著作を数多く出し、その版元になっている三笠書房の主人が来て、庭を褒めてくれた。そう云えばこの庭に動物を放したい。三笠書房の商標には鹿がいる。鹿を下さいませんかと云ったら、言下にそうしましょうと引き受けた。

大変うれしくなって、当分は愉快であったが、落ちついて考えて見ると、談なんぞ容易ならんや。鹿などを貰って、持ち込まれて、折角植えた植木の芽はみんなむしられてしまう。柵を立てたり、檻に入れたりしたのでは風情もない。酷暑の夏、厳寒の冬はどうするのか、角を切るにはどうしたらいいか。生きものだから病気をする事もあるだろう。鹿を連れ獣医へ行くには途中で犬が吠えつくだろう。

鹿の話は私が言い出し目だったが、すぐに賛成した三笠書房の方からも、鹿を連れて行きましょうかとも、鹿はどうするのですかとも云っては来ない。鹿の貰い物は、貰わない内に立ち消えになってしまったらしい。

大分前の話に戻るが、日比谷公園へ行ったら、キョンと云う小さな鹿がいた。小さいと云ってもそれは予想外に小さく、猫を一廻小さくして胴体をすっきりさせ、それに鉄火箸の様な細い脚を四本つけた様な姿である。猫に比較するより、寧《むし》ろ鳥にたとえた方がいいかも知れない。鵯《ひよどり》の胴に四本足をつけて獣に仕立て、貧弱な紐の様な尻尾を一本垂らしたと云う程度の小さな鹿である。

その時一目見てから、折があったらキョンが飼いたいなと思った。

後になって台湾へ行った時、キョンの事を思い出した。台湾には一万尺以上の高山が四十幾座、富士山より高いのが幾つとか連なっていて、その連峰にキョンは棲《す》んでいると云う。

私を台湾見物へ連れて行ってくれた東道の主《あるじ》に、台湾土産としてキョンを貰って帰りたいと云ったら、キョトンとした顔で、そんなものは手に入りはせぬ、第一持ち出し禁止でしょうと云っただけで、その話は貧弱なキョンの尻尾の様な事で打ち切りになってしまった。

三笠書房の鹿は、庭で飼うとすれば厄介だが、キョンなら或は家の中へ入れて飼う事が出来るか知れない。しかしそんな高山にいるものが暖房のある部屋の中で暮らせるか、暑い夏に果してクーラー位で過ごせるか、丸で見当も立たない。あまり無理な空想はよした方がよかろう。

子狸を手に入れて、手許で育てて見ようかと思いついた。考えていた事をつい話したら、忽ち国鉄飯田線の沿線にいる未知の人から、その話を伝えた人を通じて、幸い今子狸がいる。蜜柑箱に入れて発送するが、いいかと云って来たと云うのであわてた。

これはつい近頃の話である。待ってくれ、待ってくれと頼んだけれど、先方だっていつ迄もそんな厄介なものを手許に飼っておくわけには行くまい。だからと云って、未だ西も東もわきまえぬ狸の子が、いきなり私の手許に来て、狸乳を送って貰うわけにも行かないだろうから、差し当り牛乳だろう。お精進料理にしても、油揚げは狐の子ではあるけれど、大体そう云う物はよくないらしい。バタ、チーズは舐めさせる事は出来るまいし、狸と揚げはどう云う事になるのか。第一、こちらが用意万端ととのったから、さあお出で、と云うのでなく、いきなりつかつかと狸の子が膝の上ににじり寄っては恐縮する。しかし、待ってくれ、待ってくれがあまり長くなればおことわりしたと同じ事になるので、それでいいのか、後で後悔せぬかと躊躇したが、結局、それでは送って下さいとは云い出せなかった。

子狸のチャンスは一先《ひとま》ず過ぎてしまった様だが、又来年も同じ時期がめぐり来る。狸の子供の生まれる季節になれば、更めて未練から芽生えた煩悶を繰り返すだろう。

物を貰うと云う意味は、牛や鹿やキョンや狸の子に限ったわけではなく、寧ろそれ等は初めの前置きで、私が歳を取って、食い意地はもとの儘でありながら、いろんな物が食べたくなくなったり、もう沢山になったりしている所へ、無闇に食べる物ばかりくれる人人に一言申そうと思ったのだが、今月の稿には書き続ける事が出来なかった。これは勿怪《もっけ》の幸いであって、子供の時から教えられた通り、「うまい物は宵に食え、言いたい事はあした云え」

ヌ公

「おっとと、こぼれるじゃないか」

「へい」

「へまだな、お前は」

「ダナさんは口やかましいから」

「生意気云うな、ヌ公の癖に」

「へい」

「お前の指はむさくるしいな。指にまで毛を生やさなくてもいい」

「済みません。ひとりでに生えてるので」

「生えたら剃ればいいだろう」

「僕は剃刀《かみそり》は使えませんので」

「じゃ抜いてしまえ。毛抜きを貸してやろうか」

「毛抜きだって使えません」

「それでは放置する所存なりや」

「ダナさんは、今夜は御機嫌がよくなさそうだな」

「いや、悪くはないよ。人間にも手の甲から指に毛が生えてるのがいるんだ」

「だれです」

「うちのまわりにいるわけじゃない。エルマンだよ」

「エルマンて何です」

「ミシャ・エルマンさ。ヴァイオリンの名人だよ」

「聞かない名前だ」

「何を云ってる。利いた口をきくな」

「へエ」

「大変な天才だ。その音色はエルマン・トーンと呼ばれて、世界中に鳴り響いているんだよ」

「ヴァイオリンの音は好きませんな」

「腹にひびくか」

「くすぐったいです」

「エルマンの音は、エルマン・トーンはちがうんだよ、お前にも聞かしてやりたい。きっと浮かれ出す」

「いやです」

「なぜそんないい音がするかと云うと、エルマンの手は指まで一ぱい毛が生えている。ヴァイブレーションを起こす」

それがみんな、一本一本、ヴァイオリンの音に震動する。ヴァイブレーションを起こす」

「ダナさんは僕を相手にそんな六ずかしい事を云っても仕様がありませんや」

「そうかい」

「お話しに身が入って、はい、冷めちまいます」

「そうか、おっと。どうも手許が狂うのだね」

「こぼれましたか」

「見ろよ、そら、お膳の上を」

「僕、なめちゃう」

「これこれ、大丈夫か。ヌ公。お前が酔っ払ったら、迷惑するぜ」

「大丈夫です。ちょいちょい縁の下でやっていますから」

「お前そんな事をしてるのか」

「残った燗ざましが勿体《もったい》ないですから」

「そうかい。それは勝手になさい。ヌ公の人権に属する事だから」

「ダナさんは云う事が近代的で、現代的と云うのかな、本心は知らないが、話しがわかるから僕うれしいよ」

「ヌ公の共感を得たかな。エルマンの指の毛の様に」

「又あんな事を云う、ダナさんは。僕も少しなめたいな」

「お杯をやろうか」

「エヘヘ」

「古典的だネ、受け答えが。そら、こう云う風に注ぐんだよ。受け方もうまいもんだ、お前は」

「見よう見まねで」

「ちょいちょい、やっている縁の下では、無論独酌だろ」

「あたりに仲間はいませんし、ダナさんを御案内するわけにも行きませんのでね」

「よせやい、こんちくしょう。だれがお前について縁の下なぞへ行くものか」

「へいへい、失言、御免フラハイ」

「そこでよろしくやる縁の下の、四辺の風景はどうだ」

「遠く沖辺を見渡せば、下水のどぶが鼻の先を流れ、天は低くして暗く、蜘蛛《くも》の糸にこびりついたもろもろの霞の切れ端の如き物が、そよ風にふわりふわり。地は近くしてふがふがしていて温かいですよ、ダナさん。こんな畳の上なぞより快適ですワ」

「ソカネかどんどん。それじゃ天降《あまくだ》って行って来ようか、今晩にでも」

「御案内申します。御座布団を用意しなければならない。それには僕のこの尻尾が丁度いいのですが、敷きっぱなしにされると、おもてなしのサアヴィスが何も出来なくなってしまうし」

「ヌ公、乞う憂うる勿れ、嚢中《のうちゅう》おのずから、嚢中《なか》に尻尾なんか有ったらおかしなものだが」

「ダナさんは何を云っておられるか、少少わからなくなりにけるかも」

「そもそもだ、そもそもお前のそのふくよかな、常若《とこわか》にまんぜい囃《はや》すよな尻尾の中には何が這入っているのか」

「これはまた御無体《ごむたい》なお尋ね。ダナさんのおつむの中に何がへえて居りますか」

「こら、図に乗って生意気申すな。そのどたどたした尻尾をお膳の上と下の陰に、ちょいと入れ、ちょいと出し」

「随分気を遣って、心得ているつもりですけれど」

「能アル鷹は爪ヲカクス。ヌ公はどうだ。そこをうまく隠しておけ」

「ヘイ」

「頭かくして、と云う事があるよ」

「別に僕かくす事はありません」

「お前の仲間で、昔からの話だが、こんな話に昔も今もあるものではない。うまうまと名月に化けおおせたつもりだったが、皎皎《こうこう》たる名月にふさふさした尻尾が残っていたと云うではないか。気をつけろ」

「へエ」

「見っともないぞ。ヌ公一族の恥だ」

「ハイ」

「八畳敷と云う話もあるネ。気にかかるな」

「あれは嘘です」

「嘘と云うのは事実無根だと云うのか。そうではないだろ。話が大き過ぎて、誇張だと云うだけの事だろう。八畳が広過ぎるなら、もっと、もっと小さくてもいいが、丸っきりひろがりが無いわけではないだろう。誇張は誇張、しかし事実無根と云う事とは大分離れている」

「ダナさん又六ずかしくなりましたな」

「小石川江戸川橋の袂《たもと》に小料理屋があってね、後に市電の線路の都合で取り払いになってしまったが、『たぬき』と云う看板で、お得意には『兎糞録』の著者和田垣謙三博士、その他えらい人が大分あった。大町桂月先生も行かれたのではないか。店は腰掛けの土間だが、二階に通れば座敷があって、八畳敷であった。お酒が無くなると、おやじが貧乏徳利をさげて近所の酒屋へ買いに行く。そう云う店があったのだよ」

「貧乏徳利をぶら下げて、菅笠《すげがさ》をかぶって、月並な風態だな、古い古い」

「また生意気を申す、その恰好で後ろに無様な尻尾を引きずって、それで丁度いいんだよ。おやじさんが馳け出して行って間に合わせてくれたお酒を傾け、二階の八畳の座敷で浩然の気を養った事があるんだぞ。狸の金玉八畳敷キキ、狐の尻っ尾を団子にしょショショ、正直婆さんへこたれたタタ、狸の金玉八畳敷、またもとへ戻るんだ」

「尻取り遊びは僕等の仲間でもやります。おなかを敲《たた》いて、拍子を取って」

「テテ、帝国万歳大勝利リリ、李鴻章《りこうしょう》の禿げ頭ママ、満洲騎兵を生け捕ってテテ、帝国万歳大勝利」

「愉快愉快。ハイ、お銚子を代えました。熱いところで一つ」

「少し熱すぎたな、まあいい。江戸川橋は居酒屋だったが、麻布の仙台坂の下には『狸蕎麦』があった。今でもあるか知ら。上がり加減を一一御主人が見てからお客に出す。うまいお蕎麦だった。一緒に連れてってやろうか」

「へい」

「要領よく化けて、ついて来い。あの辺りの何ノ橋何ノ橋と云う川沿いの岸から、天現寺橋までの間は狸の本場だ」

「気おくれがしますな」

「わしがついているから、大丈夫だ。化けるとしても、美人のお供、御同伴と云う柄ではないな、お前は。不粋《ぶいき》だから。女に化けるなら狐だね。抜ける様な美人になって寄り添って来る」

「いやだな、ダナさんは。妙な目附きをして。それじゃ僕は巡査になりましょうか」

「巡査かい。やった事があるのか」

「ハイ、時時」

「しかし『狸蕎麦』で巡査と一緒にお蕎麦を食うのは、どうも変だ」

「いけませんか」

「あれ、今頃、もう大分遅いだろう。そら、裏の学校の校庭の向うで、柏手《かしわで》を打っている。おかしいな。ヌ公の仲間ではないか」

ヌ公続く

「もうこんなに遅いのに、裏の学校の校庭の向うで柏手《かしわで》を打っている。どうも変だな、ヌ公」

「へえ」

「随分強い音だ。柏手であんな音がするか知ら」

「へえ」

「パチパチじゃない、そら、後が響いてパチンパチンと鳴っている」

「そうですね、いい音だ」

「パチンパチンではない。カチンカチンだ」

「ハア」

「そら、カンカンと聞こえ出した」

「もと響くでしょう」

「カン。カンと間をおくから、なお強く鳴り出す。音が、暗い所でピカピカ光っている様だ」

「キラキラ火花が飛んでいます」

「ピアノのキイのどこかを敲くと、痛い様な音がするところがある。歯の神経の露出した所へじかにさわった様な感じだ。ヌ公わかるかい」

「よく解ります」

「そこの所をもっと強く敲くと、ピカッ、ピカッと光るんだ」

「ハア」

「音は光るよ」

「はい、光ります」

「手の指に毛が生えたエルマンが、ステージでヴァイオリンを弾いていると、舞台の袖になった暗い陰から、小さな鋭い光りがピカリピカリ」

「何です」

「暗い所にエルマンの身寄りの女の人がいて、その指輪かブローチのダイヤが光ったんだろう。ヴァイオリンの音が光ったわけではないと思うが、しかし或はそうかも知れない。こちらの座席から丁度見える角度で光っているんだ。エルマン・トーンが光ってもおかしくはない」

「どんな色ですか」

「燐光だ。青光りだよ」

「そう来るだろうと思った。ダナさんの好きそうな色だ」

「何を云う。利いた風な事を云うな。肥後の八代《やつしろ》の宿の大きな池に、雨が降っていたんだよ。暗い晩で向う岸の出島の森からかぶった大木の雫が、暗い水に落ちて来る。その音が、雨の音とは別になって聞こえるんだ。お池のこっち側の水際で、何だか青い光りがギラギラ」

「段段強く光り出しました」

「ヌ公知っているのか」

「はい」

「八代《やつしろ》は随分遠方だよ。何百里も離れているんだぜ」

「どんなに離れてても同じです。ダナさんが知っている事は、僕何でも知っています」

「大きな事を云うじゃないか。ヌ公の神通力か」

「知っていなければ、ヌ公としてのお相手が勤まりません」

「それもそうだな。何となくお前が云う通りだ」

「あのお池には、暗い底にいろんな物がいましたね。鯉や食用蛙や、雷魚や水蛇や」

「そうだよ。そいつらの目が雨の中で光ったんだね」

「違います、ダナさん。そんなものが光ったのではありません。あれは、あの青光りはダナさんの目玉です」

「何を云うか、わしは廊下から見ていたんだぜ」

「その見ているダナさんの目玉です」

「こんちくしょう。変な事を云うな」

「なんにも光ってやしません。廊下から覗いたダナさんの目玉が水際に映っただけでさあ」

「立ち入った事を申すネ。勝手にしろ。暫らくしかし、お前はお酌をやめたね。もうおつもりか」

「いえ、これはつい。お話しに身が入りまして」

「そら又。何てへまだ。こぼれるじゃないか。垂れた雫が光り出す」

「ヘイヘイ、どもども相済みやせん」

「味は落ちず、いつ迄たっても甘露甘露《かんろかんろ》」

「だんだんおいしくなる様に心掛けて居ります」

「ヌ公に秘法ありや」

「こちらで細工をしなくても、ダナさんの方をその様にしておけば」

「これ、馬鹿にするな。無体を申さば抜く手は見せぬぞ」

「ヌクテは朝鮮狼でして、昔、上野動物園に居りました。檻の外に、人を何人食ったとか云う説明書がついて居りましてね。いやなけだ物です。けだ物の風上にも置かれない」

「話しをそらそうとするか」

「白檀弓《しらまゆみ》の真弓《まゆみ》の、そる可きはそらいで、七十のおきなが恋に腰をそらいた」

「こいつ、へらず口ばかり敲《たた》く。もっと注げ。何となく、よくなって来たな。来たな、来たな、だ」

「ダナさん、行きませんか」

「どこへ行くんだ」

「そら、あすこの、帝大と一高の間の道があるでしょう」

「あるよ」

「あすこを通りまして。本郷の方から行くんですよ」

「そんな気がするね。ヌ公。こいつ。人を致すつもりか」

「エへへ」

「まあいいよ。化かさば、化かせ」

「殺さば殺せ、でしょう」

「よく知ってるな。勝手にしろ」

「ずうっと、あっちの方から来たのです。その道を通って、坂を降りて、池ノ端の方へ出るんです。晩ですよ、そんなに遅くはないけれど」

「わかってるよ」

「一緒に行きましょう」

「うん」

「池ノ端の蓮玉《れんぎょく》でお蕎麦を食べて。あすこは更科でしょう」

「そうだよ」

「それからどうするんでしたっけ」

「もういい。くたびれた」

「もっと歩きましょう。そら、向うの空にお月様が二つ照らしている」

「ほんとだ。おかしいね。一つは狸だろう」

「知りませんね」

「なぜヌ公かと云うに、タヌキの夕が抜キなら自然そうなるじゃないか」

「成る程千切る秋なすび。さあ、もっと歩きましょう」

「もういい。又今度だ。くたびれた」

「では出なおしますぜ。ようがすか。僕がそのつもりになります。手を引いて下さい」

「毛なぞ生えていないね。柔らかい手だ」

「あの有名な胸突坂《むねつきざか》はもっと下流です。その胸突坂よりまだ急な坂で、坂と云ってももともと道ではないのです。丘が崖になった所を無闇に降りて行っただけだから、足場も足許もあったものではない。こちらは盛装、ではない正装してるんすから、蒸し暑い晩ではあったし」

「もういい」

「ついて来なくてはいけませんよ、ダナさん。もっと利かせるかな」

「出なおそうよ」

「トトトと一緒に馳け降りて馳け落ちて、落ち行く先は」

「もうわかった。ヌ公はしつこい」

「では出直しやして。さてダナさん。僕はダナさんが大好き」

「よせ」

「お供をいたしましょう」

「お前にいたされても、何となく薄っすらしていて、廻りが足りない様だ」

「いけねえ、もとへ戻りそうだな。何しろ、うちのダナさんは根が利口なので」

「おだてるな」

「そら、向うに突き出した岬の裾を、夜汽車が走っています」

「うん」

「こっちへ来るのだな、ヘッドライトが随分明かるいなあ」

「馬鹿に明かるいね」

「あれ、窓があんなに、ずらずらと列んで、窓も明かるいなあ」

「だんだん明かるくなって、窓が大きくなるではないか。おや、汽車の横腹が窓ばかりになった」

「こっちへやって来ます」

「ここにいても大丈夫か知ら」

「線路の上を走ってるんですよ、ダナさん」

「あれ、到頭来た。来たじゃないか。逃げようか」

「まあまあ、じっとしていらっしゃい。動くと怪我をします」

「そうかい、ヌ公。大丈夫か」

「今支度をします」

「どうするのだ」

「さあ出掛けましょう」

「逃げるのか」

「救助におもむくのです」

「どこへ」

「一緒に行きましょう」

「随分きれいな、きりッとした若い者だね。巡査か、消防団員か、そのいきな姿は」

「自衛隊です。洪水で逃げ遅れた農家が救助を求めているのです」

「どこの川が洪水なのだ」

「水攻めなのです。敵が川をせき止めました」

「お城があるのか」

「そら、あすこに水につかった百姓家があるでしょう。あっ、もう家の人が流れている」

「本当だ」

「あの娘さんを助けなければ」

「おい、ヌ公、アッどうするのだ。水の中へ這入ってしまった」

「ダナさん、そこいらが濡れていますぜ。膝のあたりが」

解　説

角田光代

百閒先生と動物といえば、思い浮かぶのは猫だ。ノラがいて、それからクルツ。『間抜けの実在に関する文献』を二十代のときに読んで、次々と入手できる内田百閒作品を読んでいった私は、『ノラや』を手にしたときに意外な気がした。そして少々気味悪いと思った。続く『クルやお前か』でもっと薄気味悪くなった。その二冊にいき着くまでは、百閒先生は、（随筆を読んで）風変わりでユーモアに満ち、（小説を読んで）現実よりもっと重層的な世界を見ている鋭利な目を持つ作家、というような位置づけにあった。ところが愛猫を失ったかなしみを書き切るこの二冊を読んで、そこに「ちょっとおかしな人」という印象が加わった。風変わり、というのとは違う、もう少しネガティブな意味合いでの「おかしな」である。

いい年齢の大人が、猫がいなくなったり死んだりして、こうも嘆きかなしむのか。こうも執拗に書かざるを得ないほどなのか。このままこの作家は精神の均衡を欠いてしまうのではないか。そのくらい、この作家のかなしみようは私には異様に思えた。

それから二十数年経って、私もはじめて猫を飼い、ようやく百閒先生から「おかしな人」という印象が拭えた。猫を自分も飼ってみて百閒先生のかなしみが理解できたのである。この人はおかしな人でも異様にかなしんだわけでもない、ただひたすらに、見栄も外聞もなく、自身に正直だったのだと思った。飼い猫のかけがえのなさをはじめて知った私は百閒先生の猫二部作を再読し、呼吸がおかしくなるほど泣いて、泣いて、泣いて、本を閉じても思い出すたびに泣いた。泣きながら、二十代の、何もわかっていなかった自分を恥じた。

その百閒先生が小鳥も飼っていたと知って意外だった。ずいぶん百閒作品を読んだつもりだったのに、『阿呆の鳥飼』は未読だった。

ここにも見栄も外聞もない正直者の百閒先生がいる。ほしいと思ったら我慢できずにすぐに手に入れる。その結果、飼っている鳥はどんどん増えていく。いちばん多いときは五十羽ほどになって「閉口し」、その無意味さを思い知り、その後増やすまいと気をつけているのに「到頭また三十五羽になった」。目白、鷦鷯《みそさざい》、日雀《こがら》、雲雀《ひばり》、鶯、等々である。こんなに鳥を飼うのは阿呆であるが、先生曰く、
「阿房とか馬鹿とか云う事は、人から云われると承知出来ないが、自分で観念して考えて見れば、これは一つの状態であって、病気でもなく、発作でもないから、私の鳥飼いも中中やめるわけに行かないだろうと、自分で諦めている」。

そんなにたくさんいるならば、愛情も拡散していくだろうと読んでいて思うし、実際、

どの鳥もすべて等しくかわいいようではないみたいである。けれどもやっぱり、百閒先生の愛情はすごい。目の見えなくなった柄長に胸を痛め「もう鳥を飼うのはよそうか知ら」と思い悩み、目が見えるようになると「歓天喜地手の舞い足の踏むところを知らず」の気分で部屋を歩きまわる。鵯を殺した猫を「突き殺す」と言って縁の下に入りこむエピソードには驚いた。猫を憎んだ時期もあったのか。

生きものを飼うということは、その死を看取ることでもある。たくさん鳥を飼っているわけだから、たくさんの死に立ち会うことになる。ここにはそのちいさな死がいくつも描かれている。その都度、百閒先生がかなしみに打ちひしがれているのが痛ましいほど伝わってくる。壮絶なのは「仏法僧落つ」。この文体でなければ、仏法僧のことを書けなかったと思うと、ちょっとおそろしいような気持ちになる。書かないことを選ぶことだってできるのに、この作家は文体を変えてまで、書き記す。いや、書き記すこともまた、作家のかなしみかたなのである。その作家の性がおそろしいように思う。

「目白落鳥」にも凄みがある。昭和二十年の東京空襲のときに、いっしょに連れて逃げた目白が、二年後の夏、体調を崩す。それから落鳥までの日を淡々と描いていく。淡々と描かれているのに、かなしみとやりきれなさがこちらの五臓六腑《ごぞうろっぷ》にまでじわじわと染み渡ってくる。私はこの短い随筆を読みながら、百閒先生が親友宮城道雄《みやぎみちお》の死を書いた「東海道刈谷駅」を思い出した。この文章にも、かなしみや怒りの言葉は書かれていない。だから読み手は、文字を読むのではなく、自身の内に広がる先生の猛烈なかなしみと憤りに唖然とする。百閒先生が伝えてくるものの強さに動揺する。

また本書は、鳥だけでなく、鼠や鯉や虫たちといった、ちいさな生きものについても描かれている。そうした、もの言わぬちいさな生きものを、この作家は幼少期のときからずっと見ていたのだなと思う。驚くのは、コオロギであれ金魚であれ、雀であれ猫であれ、そのちいさな生きものへの目線が、子どものころから老齢になるまで一貫して変わらないことだ。長く生きると、ちょっとしたことでは驚かなくなるし、かなしみにも慣れる。感覚や感受性も鈍って、虫や鼠などには気づかなくもなる。けれど百閒先生は違う。そのことを自身でも自覚している。「泣き虫」に、雲雀の子が死んで、大人がもてあますくらい泣いた十歳にも満たない自分の涙と、飼い猫を亡くして泣き暮らしている今の涙と同じだと書いてある。ちなみに、この「泣き虫」の初出を見ると昭和三十八年、百閒先生七十四歳のときである。

しかし本書で私がもっとも感銘を受けるのは、百閒先生のその博愛の精神ではない。むしろ愛情の気まぐれさ加減にこそ、心を動かされる。は虫類だろうとほ乳類だろうと分け隔てせず眺めているのに、すべての生きものを至極だいじにしているかといったら、そうではない。先ほどの鳥と同じく、けっこう冷淡な扱いをすることも多い。せっかく取り寄せた鶏を売り払ったり、「ほけ」としか鳴かない鶯を人にやってしまったりする。

栗鼠がほしくなって買ったはいいが、そのまま演奏会にいき、演奏会後に学生たちと鰻屋にいき、酒を飲み、栗鼠を死なせてしまう。ここに、雲雀の子の死に嘆きかなしむ子どもの心はない。

ちいさな生きものをいじめた記憶も書かれている。生きた鮒《ふな》を熱湯に入れる。津蟹《つがに》をつかまえてきて熱湯を浴びせる。蛙の尻に花火を差しこむ。蛸の頭で刻み煙草を燃やす。そんなこと、百閒先生は反省の言葉ひとつ添えず、淡々と書く。

人間ではない、人間より圧倒的に弱い、言葉で理解し合うことのできないちいさな生きものへの態度を、百閒先生は等しい距離を持って描く。だいじにすることも、失って嘆きかなしむことも、粗末にすることも、殺してしまえることも、善悪とまったく切り離した怜悧《れいり》ともいえる距離感で描く。

百閒先生にだいじにされない生きものに胸を痛めながら私はこの本を読んだが、しかし次第に、人間というもののどうしようもなさがじわじわと胸に染みてくるのである。自分の都合で、何かを猛烈にかわいがり、その喪失を、自分も死ぬかと思うくらい嘆きかなしみ後悔し、一方で、何かを猛烈にいじめてみたり、まったくなんの感情も持たず殺してしまったりする。そのどちらの感情もしくは無感情が、ひとりの人間のなかに矛盾なく共存している。そのことを私たちは疑うことも意識することもせず、イルカの死を嘆き、ゴキブリを殺す。犬を食べる習慣に眉をひそめながら馬を食べる。数が少なくなりすぎれば稀少動物に指定して守り、多くなれば害獣として駆除方法を模索する。そんなすべてを、百閒先生は断ずることをしない、批判もしない。だって人間はそういうものだもの。そういう、どうしようもないものだもの。と、笑いも怒りも嘆きもせず、ただただ冷静に眺めている気がする。先生にとって、生きものとは、山や川と同じものであったように思う。晴天や台風と同じものであったように思う。あがめたり、意識しなかったり、思いどおりにいかなかったり、すがったりする、人間を超える大いなる何か。人間は、ときにその何かを支配したようなつもりになっているけれど、そこがまたどうしようもない人間のどうしようもないところ。百閒先生はそんな人間を、突き放しながら肯定しているように私には思える。

巻末にある初出一覧を見ると、ここにおさめられた随筆の背景が、そのまま日本の現代史であることがわかる。昭和八年から、昭和四十四年まで。もちろん関東大震災のことも書かれている、戦時中のことも戦後のことも触れられている。けれども、ひとつひとつの随筆は驚くほど時代の影響を受けていない。順番を並び替えても、どれがどの年に書かれたものか特定するのは難しいように思う。そう気づくと私はこの作家の一貫性にあらためて驚く。戦前の幼少期とまるで変わらず、高度成長期になってもずっとこの作家は、自身とともに生きる生きものたちに心を砕き、書き綴ってきた。

私たちはどうしようもなく時代に影響されながら生きるけれど、一方で、こんなふうに、戦争や災害に押しつぶされることなく生き生きと在ることが可能なのだと、知らされる思いである。本書を読んでいると何かふくふくとゆたかな気持ちになるのは、そのせいかもしれない。人間のどうしようもなさを描く作家の姿に、時代に左右されない強靱《きょうじん》なありようを見るからかもしれない。

先に、二十代のころのこの作家への印象として、（随筆を読んで）風変わりでユーモアに満ち、（小説を読んで）現実よりもっと重層的な世界を見ている鋭利な目を持つ作家、と書いた。そう言葉にしてからこの随筆を読み返すと、そのふたつがまったく相反するものでも異なるものでもないとあらためて気づいた。当時は私のなかで、内田百閒の随筆と小説は分野がはっきりと別だった。随筆の持つ、実際に声を出して笑ってしまうようなおかしさと、小説の持つ、淡々としていて鋭い言葉が創り出す重層的な世界は、相反とまではいかないけれど、異なって交わることのないものだと思っていた。けれどそうではない。本書ではそのふたつがみごとに融合している。鋭利な観察眼で、人間中心ではない、生きとし生けるものが蠢《うごめ》く世界をじっと見つめている。見つめた先を淡々と、生真面目に、正直に書く。その正直さが読み手の笑いを誘う。この一冊には、膨大な著書のある百閒先生の魅力が、じつにコンパクトに詰まっている。

（かくたみつよ／作家）

初出誌紙・初収録単行本一覧

阿呆の鳥飼	『百鬼園随筆』所収　昭和八年十月刊	『百鬼園随筆』
雞鳴	『続百鬼園随筆』所収　昭和九年五月刊	『続百鬼園随筆』
伝書鳩	「書物」昭和九年三月	〃
目白	「文芸春秋」昭和九年四月	〃
雀の塒	『続百鬼園随筆』所収	〃
訓狐	「野鳥」昭和九年七月	『無絃琴』
牝雞之晨	「文学」昭和十年一月	『鶴』
柄長検校	「野鳥」昭和十年一月	〃
柄長勾当	〃　〃　二月	〃
大瑠璃鳥	「大阪朝日新聞」昭和十年六月	『凸凹道』
鶫	「女子文苑」昭和十年四月	〃
銘鶯会	「東炎」昭和十年六月	〃
続銘鶯会	〃　〃　七月	〃
初音	「国民新聞」昭和十一年一月	『有頂天』
続阿房の鳥飼	「名古屋新聞」昭和十一年三月「報知新聞」同年十二月	〃
頰白	「東京朝日新聞」昭和十一年八月	『北溟』

葦切	「新装」昭和十一年四月	〃
春信	『北溟』所収　昭和十二年十一月刊	〃
うぐいす	〃	〃
仏法僧落つ	「東京朝日新聞」昭和十二年三月	『随筆新雨』
炉辺の浪音	「文芸春秋」昭和十三年三月	『丘の橋』
鶴亀	「国民新聞」昭和十四年一月	『菊の雨』
河原鶸	『菊の雨』所収　昭和十四年十月刊	〃
尾長	『船の夢』所収　昭和十六年七月刊	『船の夢』
漱石山房の夜の文鳥	「小説と読物」昭和二十三年十一月	『随筆億劫帳』
雀	「改造文芸」昭和二十四年五月	〃
目白落鳥	〃　〃	〃
しみ抜き	「小説新潮」昭和三十五年六月	『つはぶきの花』
泣き虫	〃　昭和三十八年一月	『波のうねうね』
うぐいす	〃　昭和三十八年九月	〃
跡かたもなし	〃　昭和三十九年三月	〃

＊　＊　＊

忠奸	「行動」昭和九年五月	『続百鬼園随筆』
殺生	「都新聞」昭和九年六月	『無絃琴』
夕立鰻	『無絃琴』所収　昭和九年十月刊	〃
蘭虫	「サンデー毎日」昭和九年九月	『鶴』
新月随筆	「婦人画報」昭和十一年十月	『北溟』
蜂	「東京日日新聞」昭和十一年九月	〃
蚤と雷	「名古屋新聞」昭和十一年八月	〃
掌中の虎	「東京朝日新聞」昭和十一年十二月	『随筆新雨』
蛍	「東京日日新開」昭和十二年六月	『随筆新雨』
夢路	「国鉄情報」昭和二十三年十二月	『随筆億劫帳』
栗鼠	「国鉄」昭和二十五年三月	『鬼園の琴』
お池の亀と緋鯉	「別冊小説新潮」昭和二十九年七月	『いささ村竹』
出て来い池の鯉	「東京新聞」昭和二十九年十一月	〃
虫のこえごえ	〃　昭和二十九年十一月	〃
鯉の子	「小説新潮」昭和三十一年十二月	『ノラや』
いたちと喇叭（抄）	「小説新潮」昭和三十六年七月	『けぶりか浪か』

暹羅の闘魚	〃	昭和三十八年四月	『クルやお前か』
物を貰う	〃	昭和四十四年二月	『残夢三昧』
ヌ公	〃	昭和四十一年四月	『麗らかや』
ヌ公続く	〃	昭和四十一年五月	〃

『阿呆の鳥飼』　一九九三年五月　福武文庫刊

中公文庫に収録するにあたり、『新輯　内田百閒全集』（福武書店刊）を底本としました。

中公文庫

阿呆《あほう》の鳥飼《とりかい》

2016年5月25日　初版発行
2025年6月15日　3刷発行

著　者　内《うち》田《だ》 百閒《ひゃっけん》

発行者　安部 順一

発行所　中央公論新社
〒100-8152　東京都千代田区大手町1-7-1
電話　販売 03-5299-1730　編集 03-5299-1890
URL https://www.chuko.co.jp/

DTP　嵐下英治

印　刷　DNP出版プロダクツ（本文）
三晃印刷（カバー）

製　本　DNP出版プロダクツ

Published by CHUOKORON-SHINSHA, INC.
Printed in Japan　ISBN978-4-12-206258-0 C1195